如今正好，别说来日方长

梁实秋 等著

哈尔滨出版社
HARBIN PUBLISHING HOUSE

图书在版编目（CIP）数据

如今正好，别说来日方长 / 梁实秋等著. —哈尔滨：
哈尔滨出版社，2020.4
ISBN 978-7-5484-5259-1

Ⅰ. ①如… Ⅱ. ①梁… Ⅲ. ①散文集 – 中国 – 当代
Ⅳ. ①I267

中国版本图书馆CIP数据核字（2020）第023627号

书　　名：如今正好，别说来日方长
RUJIN ZHENGHAO，BIESHUO LAIRI-FANGCHANG

作　　者：梁实秋　等著
责任编辑：李金秋　刘　丹
责任审校：李　战
装帧设计：主语设计

出版发行：哈尔滨出版社（Harbin Publishing House）
社　　址：哈尔滨市松北区世坤路738号9号楼　　邮编：150028
经　　销：全国新华书店
印　　刷：天津旭丰源印刷有限公司
网　　址：www.hrbcbs.com　　www.mifengniao.com
E-mail：hrbcbs@yeah.net
编辑版权热线：（0451）87900271　87900272
销售热线：（0451）87900202　87900203
邮购热线：4006900345（0451）87900256

开　　本：880mm × 1230mm　1/32　印张：8　字数：150千字
版　　次：2020年4月第1版
印　　次：2020年4月第1次印刷
书　　号：ISBN 978-7-5484-5259-1
定　　价：45.00元

目 录 Contents

第一章

人最应该拥有的，就是对时间的敬畏感

造物主骗人的手段，莫如“渐”。
天真烂漫的孩子“渐渐”变成野心勃勃的青年；
慷慨豪侠的青年“渐渐”变成冷酷的成人；
血气旺盛的成人“渐渐”变成顽固的老头子……
时间则全然无从把握，不可挽留，
只有过去与未来在渺茫之中不绝地相追逐而已。

第二章

想给的陪伴，不要留到明天

大舅早已退休，现整日在家侍候着患老年痴呆的舅母。
他离家时不过二十出头，走了很多年，也走了很多地方，
回来时，舅母的神智已渐渐离开这个世界。
他守候在她身边，侍候她饮食起居，搀扶她去散步……
这或可写成一个感人泪下的浪漫故事，
浪漫，或曾有过，但最终仍归于沉默。

第三章

不要把梦想放到遥远的未来，现在才是最好的状态

凡是要等到有了图书馆方才读书的，
有了图书馆也不肯读书；
凡是要等到有了实验室方才做研究的，
有了实验室也不肯做研究。
青年朋友们年富力强，更应该要打破和消灭懒病，
少年是一去不复返的，只为吃饭而不求学问，
等到精力衰时，再想做点学问，恐怕已太晚了。

第四章

每个不曾起舞的日子，都是对生命的辜负

记得从前俞平伯先生有两行名诗：
被窝暖暖的，人儿远远的……
毅然决然地从被窝里窜出来，
尤其是在北方那样寒冷的天气，
实在是不容易。唯以其不容易，
所以早起被称为开始做人的第一件事。
偎在被窝里不出来，那便是在做人的道上第一回败绩。

第五章

生活常像满引的弓弦，但我们需要有张有弛

人的力量，无论是属于身或属于心的，
用过了限度，必定由疲劳而衰竭，由衰竭而毁灭。
弓弦老是尽量地拉满不放松，结果必定是裂断。
我们中国人的生活常像满引的弓弦，
只图张的速效，不顾弛的蓄力，
所以常在身心俱惫的状态。

第一章

人最应该拥有的，就是对时间的敬畏感

造物主骗人的手段，莫如“渐”。

天真烂漫的孩子“渐渐”变成野心勃勃的青年；

慷慨豪侠的青年“渐渐”变成冷酷的成人；

血气旺盛的成人“渐渐”变成顽固的老头子……

时间则全然无从把握，不可挽留，

只有过去与未来在渺茫之中不绝地相追逐而已。

秋 / 丰子恺

我的年岁上冠用了“三十”二字，至今已两年了。不解达观的我，从这两个字上受到了不少的暗示与影响。虽然明明觉得自己的体格与精力比二十九岁时全然没有什么差异，但“三十”这一个观念笼在头上，犹之张了一顶阳伞，使我的全身蒙了一个暗淡色的阴影，又仿佛在日历上撕过了立秋的一页以后，虽然太阳的炎威依然没有减却，寒暑表上的热度依然没有降低，然而只当得余威与残暑，或霜降木落的先驱，大地的节候已从今移交于秋了。

实际，我两年来的心情与秋最容易调和而融合。这情形与从前不同。在往年，我只慕春天。我最欢喜杨柳与燕子。尤其欢喜初染鹅黄的嫩柳。我曾经命名自己的寓居为“小杨柳屋”，曾经画了许多杨柳燕子的画，又曾经摘取秀长的杨柳，在厚纸上裱成各种风调的眉，想象这等眉的所有者的颜貌，而在其下面添描出眼鼻与口。那时候我每逢早春时节，正月二月之交，看见杨柳枝的线条上挂了细珠，带了隐隐的青色而“遥看近却无”的时候，我心中便充满了一种狂喜，这狂喜又立刻变成焦虑，似乎常常在说：“春来了！不要放过！赶快设法招待它，享乐它，永远留住它。”我读了“良辰美景奈何天”等句，曾经真心地感动。以为古人都叹息一春的虚度，前车可鉴！到我手里决不放它空过了。最是逢到了古人惋惜最深的寒食清明，我心中的焦灼便更甚。那一天我总想有一种足以充分酬偿这佳节的举行。我准拟作诗，作画，或痛饮，漫游。虽然大多不被实行；或实行而全无效果，反而中了酒，闹了事，换得了不快的回忆；但我总不灰心，总觉得春的可恋。我心中似乎只有知道春，别的三季在我都当作春的预备，或待春的休息时间，全然不曾注意到它们的存在与意义。而对于秋，尤无感觉：因为夏连续在春的后面，在我可当作春的过剩；冬先行在春的前面，在我可当作春的准备；独有与春全无关联的秋，在我心中一向没有它的位置。

自从我的年龄告了立秋以后，两年来的心境完全转了一个方向，也变成秋天了。然而情形与前不同：并不是在秋日感到像昔日的狂喜与焦灼。我只觉得一到秋天，自己的心境便十分调和。非但没有那种狂喜与焦灼，且常常被秋风秋雨秋色秋光所吸引而融化在秋中，暂时失却了自己的所在。而对于春，又并非像昔日对于秋的无感觉。我现在对于春非常厌恶。每当万象回春的时候，看到群花的斗艳，蜂蝶的扰攘，以及草木昆虫等到处争先恐后地滋生繁殖的状态，我觉得天地间的凡庸、贪婪、无耻与愚痴，无过于此了！尤其是在青春的时候，看到柳条上挂了隐隐的绿珠，桃枝上着了点点的红斑，最使我觉得可笑又可怜。我想唤醒一个花蕊来对它说："啊！你也来反复这老调了！我眼看见你的无数祖先，个个同你一样地出世，个个努力发展，争荣竞秀；不久没有一个不憔悴而化泥尘。你何苦也来反复这老调呢？如今你已长了这孽根，将来看你弄娇弄艳，装笑装颦，招致了蹂躏、摧残、攀折之苦，而步你祖先们的后尘！"

实际，迎送了三十几次的春来春去的人，对于花事早已看得厌倦，感觉已经麻木，热情已经冷却，决不会再像初见世面的青年少女似的为花的幻姿所诱惑而赞之、叹之、怜之、惜之了。况且天地万物，没有一件逃得出荣枯、盛衰、生灭、有无之理。过去的历史昭然地证明着这一点，无须我们再说。古来无数的诗人千篇一律地为伤春惜花费词，这种效颦也觉得可厌。假如要我对于世间的生荣死灭费一点词，我觉得生荣不足道，而宁愿欢喜赞叹一切的死灭。对于前者的贪婪、愚昧与怯弱，后者的态度何等谦逊、悟达，而伟大！我对于春与秋的取舍，也是为了这一点。

夏目漱石三十岁的时候，曾经这样说：“人生二十而知有生的利益；二十五而知有明之处必有暗；至于三十岁的今日，更知明多之处暗也多，欢浓之时愁也重。”我现在对于这话也深抱同感；同时又觉得三十的特征不止这一端，其更特殊的是对于死的体感。青年们恋爱不遂的时候惯说生生死死，然而这不过是知有“死”的一回事而已，不是体感。犹之在饮冰挥扇的夏日，不能体感到围炉拥衾的冬夜的滋味。就是我们阅历了三十几度寒暑的人，在前几天的炎阳之下也无论如何感不到浴日的滋味。围炉、拥衾、浴日等事，在夏天的人的心中只是一种空虚的知识，不过晓得将来须有这些事而已，但是不可能休感它们的滋味。须得入了秋天，炎阳逞尽了威势而渐渐退却，汗水浸胖了的肌肤渐渐收缩，身穿单衣似乎要打寒噤，而手触法兰绒觉得快适的时候，于是围炉、拥衾、浴日等知识方能渐渐融入体验界中而化为体感。我的年龄告了立秋以后，心境中所起的最特殊的状态便是这对于“死”的体感。以前我的思虑真疏浅！以为春可以常在人间，人可以永在青年，竟完全没有想到死。又以为人生的意义只在于生，而我的一生最有意义，似乎我是不会死的。直到现在，仗了秋的慈光的鉴照，死的灵气钟育，才知道生的甘苦悲欢，是天地间反复过亿万次的老调，又何足珍惜？我但求此生的平安的度送与脱出而已，犹之罹了疯狂的人，病中的颠倒迷离何足计较？但求其去病而已。

我正要搁笔，忽然西窗外黑云弥漫，天际闪出一道电光，发出隐隐的雷声，骤然洒下一阵夹着冰雹的秋雨。啊！原来立秋过得不多天，秋心稚嫩而未曾老练，不免还有这种不调和的现象，可怕哉！

上马石 / 李广田

“老兄弟，真想不到他就先走了。”

“走了倒也罢了。我们还不是前脚后脚的事吗。”

太阳黄黄的。照着一个高大衰老的车门下。是将近秋末天凉的时候，人们已觉得阳光之可亲了。尤其是老年人。他们既没有事情可作，便只好到这车门下来晒太阳，吃旱烟，说说闲话。并且目送过路人来来往往。两个老头子又各领一个五六岁的小孙孙，看小孩，这也就是他们的一件工作了。小孩子要偎在老人怀中听闲话，老人却故意把他们哄开，并屡次说道：

“好孩子，你们自己到那边骑马去吧。”

这个车门，位置在一条非常宽阔的巷口上。这条巷子是被两列低矮的小房子所形成的，在几家大门口外，有显得颇瘦弱的小牛小驴被拴在木桩上，此外就只见到几棵并不茂盛的槐树或榆树了，但这条巷子是曾经有过繁盛日子的，从现在说起，也不过是百十年前的事情罢了。那时候这里完全是一片高大的楼房，据说从这里赶了骡马到五里外的一条河流去饮水，在这距离中间络绎不绝的都是骡马，没有人能计算出一个实在数目。虽然那条河流现在已成了平田。而“饮马河”这个名字却还时常被人提起。再如这巷口的一块上马石台，也可以说是当年繁盛的一个记号吧。这块上马石除却特别重大外，与普通的上马石也并没有多大差别，不过这块石头如今已经不是什么上马石了，它成了一些闲散人坐下来谈天的地方，也是小孩子们聚拢来做游戏的根据地，有时候，一些青年人也用它来比试力量，然而三个人至五个人也只能撼得它微微欠身而已。两个老头子哄他们的孙孙来骑马。这块石头也就又变成一匹石马了。小孩子总喜欢跑到这块石头边，用小手拍拍那光滑的石头——石头已经磨擦得很光滑了——自己并做出骑马的姿势，口里喊道：“打，打，打。”

两个老头子都住在这条巷内，另有一个同姓的老弟兄，是住在这村子的另一个角落里的。只要有人提起“三个老头子”，大家就明白是车门底下的这三个了。他们除却睡觉吃饭之外，把大半的时间都消磨在这个车门底下。他们的记忆非常繁琐，他们的谈话又重复不尽，而他们永不会忘情于那些过去的好年月。他们一开口便是：“我们年轻的时候怎样……”或是“老祖父曾经告诉过我，说那些年间……”他们对于现今的事情不大关心，但偶然听到一点便长嘘短叹。他们常说：“我们是不中用了，活着也没有意思，还不如早些到土地里去歇息了吧。”他们也常常谈到：“老弟兄们。到底我们谁应当先走呢？”于是年纪最长的一个便很慷慨地抢着说：“当然啦，当然啦。我比你们大许多岁数，当然我先走啦，我恐怕不能给你们送行了。”另外两个老头子一定会同时把烟袋一敲：“也好，你先到那边去打下店道，到那边把床铺都安排停当，然后再来招呼我们吧。我们还可以到那边去同吃烟，同说话，就只怕那边没有太阳可晒了！”

今天只剩两个老头子了，那个住在另一个角落里，年纪最小的老头子已经早走了，走了好多天了。这个年纪最老，曾经自己答应先走的老头子，还不曾走，不过前些天他刚刚闹过一次伤风，几乎走掉，却又被医生给拉回来了。那个年纪居中的老头子，前些天是只能带了一个小孙孙到这里来晒太阳打盹的，现在他的老伴又出来了，就又有一肚子话要说。然而他们还想到那个已经走了的老伴，他们觉得有点荒凉，但这种感觉到底很淡漠，因为他们知道，那人不过是走了罢了，而他们自己也不过是前脚后脚的事情而已，特别是年长的那一个，他很抱怨，他说：

“唉，唉。我认为他一定来招呼我了，可是他到底不曾来，不，他来过了，我曾经梦见他……”

话犹未完，第二个老头子已吃了一惊，他把烟灰一磕，歪着脑袋用低声说：

“你梦见他？”

“是啊，我梦见他，他提一个竹篮去赶集，他说：‘大哥，你告诉我，今天的芋头多少钱一斤？’你看这多么奇怪。我怎么就知道芋头多少钱一斤呢？我忘记我是不是已经回答他，在梦里也忘记他是已经走了的人了，不然，我一定问问他那边的情形是怎样。兄弟，你说，这是个哪样兆头？芋头是吉祥的呢，还是不吉祥的呢？”

于是他们就说起梦话来了，这个也是梦。那个也是梦，拿梦来解释一切，一切也都是梦了。最后他们又把话题回到那个已经走掉的人身上。于是又说到一些走了多年的人，说到过去的好年头，说到现今的世道，说现今的年轻人已完全不是他们当年那样子了，他们看着不顺眼，但愿意赶快把眼睛闭起来，于是，旧话重提，那个年纪较小的老头子又提议道：

“大哥，我们两个再来打赌吧，我们看到底谁走在前边。”

“还用打什么赌吗？”另一个回答，“麦前麦后，谷秋豆秋，是收获老头子的时候啊，我今年秋后不曾走，明年麦后是非走不行了。”

正说话间，忽然听到那边两个小孩子叫了起来，原来他们正在上马石上做着盖房子的游戏，他们用土块、破瓦、碎砖之类，在石头上面费了很大的力气要建一套房子。他们玩得非常高兴，等到房子已经建筑成功，他们正想招呼两个老头子过来看看，并希望从两个老人口里听到夸奖时，不料偶一不慎，一举手间就把一件艰难工程破坏了。等到两个老头子都急忙走来时，只见上马石上一堆零乱的瓦砾，他们都笑了。看看时候已经不早，车门前面已是一地阴影，秋末的西风也已有些凉意，两个老头子便向孩子们道：“好孩子，我们赶快走吧。”孩子们却固执要重修他们的工程，老头子则安慰他们，说等明天这里重见太阳时再来建一套更好的房子。老人手里各牵一个小孙孙，慢慢地向那条宽大衰老的巷里走去，又各自走进了低矮的大门。这时候虽然已近日夕，但在田间工作的还不曾归来，村井上也还没有人牵了牲畜去饮水，只有秋风吹起几个小小旋风，在这多灰沙的街上、巷中，家家门口，忽出忽没地连翩巡行。

时间 / 梁实秋

希腊哲学家第欧根尼经常睡在一只瓦缸里，有一天亚历山大皇帝走去看他，以皇帝的惯用的口吻问他：“你对我有什么请求吗？”这位玩世不恭的哲人翻了翻白眼，答道：“我请求你走开一点，不要遮住我的阳光。”

这个家喻户晓的小故事，究竟含义何在，恐怕见仁见智，各有不同的看法。我们通常总是觉得那位哲人视尊荣犹敝屣，富贵如浮云，虽然皇帝驾到，殊无异于等闲之辈，不但对他无所希冀，而且亦不必特别的假以颜色。可是约翰逊博士另有一种看法，他认为应该注意的是那阳光，阳光不是皇帝所能赐予的，所以请求他不要把他所不能赐予的夺了去。这个请求不能算奢，却是用意深刻。因此约翰逊博士由“光阴”悟到“时间”，时间也者，虽然也是极为宝贵，却也是常常被人劫夺的。

“人生不满百”，大致是不错的。当然，老而不死的人，不是没有，不过期颐以上不是一般人所敢想望的，数十寒暑当中，睡眠去了很大一部分。苏东坡所谓“睡眠去其半”，稍嫌有一点夸张，大约三分之一总是有的。童蒙一段时期，说它是天真未凿也好，说它是昏昧无知也好，反正是浑浑噩噩，不知不觉；及至寿登耄耋，老悖聋瞑，甚至“佳丽当前，未能缱绻”，比死人多一口气，也没有多少生趣可言。掐头去尾，人生所余无几。就是这短暂的一生，时间亦不见得能由我们自己支配。约翰逊博士所抱怨的那些不速之客，动辄登门拜访，不管你正在怎样忙碌，他觉得宾至如归，这种情形固然令人啼笑皆非，我觉得究竟不能算是怎样严重的“时间之贼”。他只是在我们的有限的资本上抽取一点捐税而已。我们的时间之大宗的消耗，怕还是要由我们自己负责。

有人说：“时间即生命。”也有人说：“时间即金钱。”二说均是，因为有人根本认为金钱即生命。不过细想一下，有命斯有财，命之不存，财于何有？有钱不要命者，固然实繁有徒，但是舍财不舍命，仍然是较聪明的办法。所以《淮南子》说：“圣人不贵尺之璧而重寸之阴，时难得而易失也。”我们幼时，谁没有做过“惜阴说”之类的课艺？可是谁又能趁早体会到时间之“难得而易失”？我小的时候，家里请了一位教师，书房桌上有一座钟，我和我的姊姊常乘教师不注意的时候把时钟往前拨快半个钟头，以便提早放学，后来被老师觉察了，他用朱笔在窗户纸上的太阳阴影画一痕记，作为放学的时刻，这才息了逃学的念头。

时光不断在流转，任谁也不能攀住它停留片刻。“逝者如斯夫，不舍昼夜！”我们每天撕一张日历，日历越来越薄，快要撕完的时候便不免矍然以惊，惊的是又临岁晚，假使我们把几十册日历装为合订本，那便象征我们的全部的生命，我们一页一页地往下撕，该是什么样的滋味呢！“冬天一到，春天还会远吗？”可是你一共能看见几次冬尽春来呢？

不可挽住的就让它去吧！问题在，我们所能掌握的尚未逝去的时间，如何去打发它。梁任公先生最恶闻“消遣”二字，只有活得不耐烦的人才忍心去“杀时间”。他认为一个人要做的事太多，时间根本不够用，哪里还有时间可供消遣？不过打发时间的方法，亦人各不同，士各有志。乾隆皇帝下江南，看见运河上舟楫往来，熙熙攘攘，顾问左右：“他们都在忙些什么？”和珅侍卫在侧，脱口而出：“无非‘名利’二字。”这答案相当正确，我们不可以人废言。不过三代以下唯恐其不好名，大概“名利”二字当中还是利的成分大些。“人为财死，鸟为食亡。”时间即金钱之说仍属不诬。

诗人华兹华斯有句：

尘世耗用我们的时间太多了，夙兴夜寐，赚钱挥霍，把我们的精力都浪费掉了。

所以有人宁可循迹山林，享受那清风明月，“侣鱼虾而友麋鹿”，过那高蹈隐逸的生活。诗人济慈宁愿长时间地守着一株花，看那花苞徐徐展瓣，以为那是人间至乐。嵇康在大树底下扬槌打铁，“浊酒一杯，弹琴一曲”；刘伶“止则操卮执觚，动则挈榼提壶”，一生中无思无虑其乐陶陶。这又是一种颇不寻常的方式。最彻底的超然的例子是《传灯录》所记载的“南泉和尚问陆亘曰：‘大夫十二时中作么生？’陆云：‘寸丝不挂！’”“寸丝不挂”即是了无挂碍之谓，“原来无一物，何处染尘埃？”这境界高超极了，可以说是“以天地为一朝，万期为须臾”，根本不发生什么时间问题。

人，诚如波斯诗人奥马尔·海亚姆所说，来不知从何处来，去不知向何处去，来时并非本愿，去时亦未征得同意，糊里糊涂地在世间逗留一段时间。在此期间内，我们是以心为形役呢？还是立德立功立言以求不朽呢？还是参究生死直超三界呢？这大主意需要自己拿。

马宗融先生的时间观念 / 老舍

马宗融先生的表大概是、我想是一个装饰品。无论约他开会，还是吃饭，他总迟到一个多钟头，他的表并不慢。

来重庆，他多半是住在白象街的作家书屋。有的说也罢，没的说也罢，他总要谈到夜里两三点钟。假若不是别人都困得不出一声了，他还想不起上床去。有人陪着他谈，他能一直坐到第二天夜里两点钟。表、月亮、太阳，都不能引起他注意到时间。

比如说吧，下午三点他须到观音岩去开会，到两点半他还毫无动静。“宗融兄，不是三点有会吗？该走了吧？”有人这样提醒他，他马上去戴上帽子，提起那有茶碗口粗的木棒，向外走。“七点吃饭。早点回来呀！”大家告诉他。他回答声“一定回来”，便匆匆地走出去。

到三点的时候，你若出去，你会看见马宗融先生在门口与一位老太婆，或是两个小学生谈话儿呢！即使不是这样，他在五点以前也不会走到观音岩。路上每遇到一位熟人，他便要谈至少有十分钟的话。若遇上打架吵嘴的，他得过去解劝，还许把别人劝开，而他与另一位劝架的打起来！遇上某处起火，他得帮着去救。有人追赶扒手，他必然得加入，非捉到不可。看见某种新东西，他得过去问问价钱，不管买与不买。看到戏报子，马上他去借电话，问还有票没有……就这样，他从白象街到观音岩，可以走一天，幸而他记得开会那件事，所以只走两三个钟头，到了开会的地方，即使大家已经散了会，他也得坐两点钟，他跟谁都谈得来，都谈得有趣，很亲切，很细腻。有人随便哼了一句二黄，他立刻请教给他；有人刚买一条绳子，他马上拿过来练习跳绳——五十岁了啊！

七点，他想起来回白象街吃饭，归路上，又照样的劝架、救火、追贼、问物价、打电话……至早，他在八点半左右走到目的地，满头大汗，三步当作两步走的。他走了进来，饭早已开过了。

所以，我们与友人定约会的时候，若说随便什么时间，早晨也好，晚上也好，反正我一天不出门，你哪时来也可以，我们便说“马宗融的时间”吧！

渐 / 丰子恺

使人生圆滑进行的微妙的要素，莫如“渐”；造物主骗人的手段，也莫如“渐”。在不知不觉之中，天真烂漫的孩子“渐渐”变成野心勃勃的青年；慷慨豪侠的青年“渐渐”变成冷酷的成人；血气旺盛的成人“渐渐”变成顽固的老头子。因为其变更是渐进的，一年一年地、一月一月地、一日一日地、一时一时地、一分一分地、一秒一秒地渐进，犹如从斜度极缓的长远的山坡上走下来，使人不察其递降的痕迹，不见其各阶段的境界，而似乎觉得常在同样的地位，恒久不变，又无时不有生的意趣与价值，于是人生就被确实肯定，而圆滑进行了。假使人生的进行不像山陂而像风琴的键板，由 do 忽然移到 re，即如昨夜的孩子今朝忽然变成青年；或者像旋律的“接离进行”地由 do 忽然跳到 mi，即如朝为青年而夕暮忽成老人，人一定要惊讶、感慨、悲伤、或痛感人生的无常，而不乐为人了。故可知人生是由“渐”维持的。这在女人恐怕尤为必要：歌剧中，舞台上的如花的少女，就是将来火炉旁边的老婆子。这句话，骤听使人不能相信，少女也不肯承认，实则现在的老婆子都是由如花的少女“渐渐”变成的。

人之能堪受境遇的变衰，也全靠这“渐”的助力。巨富的纨绔子弟因屡次破产而“渐渐”荡尽其家产，变为贫者；贫者只得做佣工，佣工往往变为奴隶，奴隶容易变为无赖，无赖与乞丐相去甚近，乞丐不妨做偷儿……这样的例子，在小说中，在实际上，均多得很。因为其变衰是延长为十年二十年而一步一步地“渐渐”地达到的，在本人不感到什么强烈的刺激。故虽到了饥寒病苦刑笞交迫的地步，仍是熙熙然贪恋着目前的生的欢喜。假如一位千金之子忽然变了乞丐或偷儿，这人一定愤不欲生了。

这真是大自然的神秘的原则，造物主的微妙的工夫！阴阳潜移，春秋代序，以及物类的衰荣生杀，无不暗合于这法则。由萌芽的春“渐渐”变成绿荫的夏，由凋零的秋“渐渐”变成枯寂的冬。我们虽已经历数十寒暑，但在围炉拥衾的冬夜仍是难于想象饮冰挥扇的夏日的心情；反之亦然。然而由冬一天一天地、一时一时地、一分一分地、一秒一秒地移向夏，由夏一天一天地、一时一时地、一分一分地、一秒一秒地移向冬，其间实在没有显著的痕迹可寻。昼夜也是如此：傍晚坐在窗下看书，书页上“渐渐”地黑起来，倘不断地看下去（目力能因为光的渐弱而渐渐加强），几乎永远可以认识书页上的字迹，即不觉昼之已变为夜。黎明凭窗，不瞬目地注视东天，也不辨自夜向昼的推移的痕迹。儿女渐渐长大起来，在朝夕相见的父母全不觉得，难得见面的远亲就相见不相识了。往年除夕，我们曾在红蜡烛底下守候水仙花的开放，真是痴态！倘水仙花果真当面开放给我们看，便是大自然的原则的破坏，宇宙的根本的摇动，世界人类的末日临到了！

“渐”的作用，就是用每步相差极微极缓的方法来隐蔽时间的过去与事物的变迁的痕迹，使人误认其为恒久不变。这真是造物主骗人的一大诡计！这有一件比喻的故事：某农夫每天朝晨抱了犊而跳过一沟，到田里去工作，夕暮又抱了它跳过沟回家。每日如此，未尝间断。过了一年，犊已渐大，渐重，差不多变成大牛，但农夫全不觉得，仍是抱了它跳沟。有一天他因事停止工作，次日再就不能抱了这牛而跳沟了。造物的骗人，使人流连于其每日每时的生的欢喜而不觉其变迁与辛苦，就是用这个方法的。人们每日在抱了日重一日的牛而跳沟，不准停止。自己误以为是不变的，其实每日在增加其苦劳！

我觉得时辰钟是人生的最好的象征了。时辰钟的针，平常一看总觉得是“不动”的；其实人造物中最常动的无过于时辰钟的针了。日常生活中的人生也如此，刻刻觉得我是我，似乎这“我”永远不变，实则与时辰钟的针一样的无常！一息尚存，总觉得我仍是我，我没有变，还是流连着我的人生，可怜受尽“渐”的欺骗！

“渐”的本质是“时间”。时间我觉得比空间更为不可思议，犹之时间艺术的音乐比空间艺术的绘画更为神秘。因为空间姑且不追究它如何广大或无限，我们总可以把握其一端，认定其一点。时间则全然无从把握，不可挽留，只有过去与未来在渺茫之中不绝地相追逐而已。性质上既已渺茫不可思议，分量上在人生也似乎太多。因为一般人对于时间的悟性，似乎只够支配搭船乘车的短时间；对于百年的长期间的寿命，他们不能胜任，往往迷于局部而不能顾及全体。试看乘火车的旅客中，常有明达的人，有的宁牺牲暂时的安乐而让其座位于老弱者，以求心的太平（或博暂时的美誉）；有的见众人争先下车，而退在后面，或高呼“勿要轧，总有得下去的！”“大家都要下去的！”然而在乘“社会”或“世界”的大火车的“人生”的长期的旅客中，就少有这样的明达之人。所以我觉得百年的寿命，定得太长。像现在的世界上的人，倘定他们搭船乘车的期间的寿命，也许在人类社会上可减少许多凶险残惨的争斗，而与火车中一样的谦让、和平，也未可知。

然人类中也有几个能胜任百年的或千古的寿命的人。那是“大人格”，“大人生”。他们能不为“渐”所迷，不为造物所欺，而收缩无限的时间并空间于方寸的心中。故佛家能纳须弥于芥子。中国古诗人（白居易）说：“蜗牛角上争何事？石火光中寄此身。”英国诗人（Blake）也说：“一粒沙里见世界，一朵花里见天国；手掌里盛住无限，一刹那便是永劫。”

时 光 / 冯骥才

一岁将尽，便进入一种此间特有的情氛中。平日里奔波忙碌，只觉得时间的紧迫，很难感受到"时光"的存在。时间属于现实，时光属于人生。然而到了年终时分，时光的感觉乍然出现。它短促、有限、性急，你在后边追它，却始终抓不到它飘举的衣袂。它飞也似的向着年的终点扎去。等到你真的将它超越，年已经过去，那一大片时光便留在过往不复的岁月里了。

今晚突然停电，摸黑点起蜡烛。烛光如同光明的花苞，宁静地浮在漆黑的空间里；室内无风，这光之花苞便分外优雅与美丽；些许的光散布开来，朦胧依稀地勾勒出周边的事物。没有电就没有音乐相伴，但我有比音乐更好的伴侣——思考。

可是对于生活最具悟性的，不是思想者，而是普通大众。比如大众俗语中，把临近年终这几天称作"年根儿"，多么真切和形象！它叫我们顿时发觉，一棵本来是绿意盈盈的岁月之树，已被我们消耗殆尽，只剩下一点点根底。时光竟然这样的紧迫、拮据与深浓……

一下子，一年里经历过的种种事物的影像全都重叠地堆在眼前。不管这些事情怎样庞杂与艰辛，无奈与突兀。我更想从中找到自己的足痕。从春天落英缤纷的京都退藏到冬日小雨空濛的雅典德尔斐遗址；从重庆荒芜的红卫兵墓到津南那条神奇的蛤蜊堤；从一个会场到另一个会场，一个活动到另一个活动中；究竟哪一些足迹至今清晰犹在，哪一些足迹杂沓模糊甚至早被时光干干净净一抹而去？

我瞪着眼前的重重黑影，使劲看去。就在烛光散布的尽头，忽然看到一双眼睛正直对着我。目光冷峻锐利，逼视而来。这原是我放在那里的一尊木雕的北宋天王像。然而此刻他的目光却变得分外有力。它何以穿过夜的浓雾，穿过漫长的八百年，锐不可当、考问似的直视着任何敢于朝他瞧上一眼的人？显然，是由于八百年前那位不知名的民间雕工传神的本领、非凡的才气；他还把一种阳刚正气和直逼邪恶的精神注入其中。如今那位无名雕工早已了无踪影，然而他那令人震撼的生命精神却保存下来。

在这里，时光不是分毫不曾消逝吗？

植物死了，把它的生命留在种子里；诗人离去，把他的生命留在诗句里。

时光对于人，其实就是生命的过程。当生命走到终点，不一定消失得没有痕迹，有时它还会转化为另一种形态存在或再生。母与子的生命的转换，不就在延续着整个人类吗？再造生命，才是最伟大的生命奇迹。而此中，艺术家们应是最幸福的一种。唯有他们能用自己的生命去再造一个新的生命。小说家再造的是代代相传的人物；作曲家再造的是他们那个可以听到的迷人而永在的灵魂。

此刻，我的眸子闪闪发亮，视野开阔，房间里的一切艺术珍品都一点点地呈现。它们不是被烛光照亮，而是被我陡然觉醒的心智召唤出来的。

其实我最清晰和最深刻的足迹，应是书桌下边，水泥的地面上那两个被自己的双足磨成的浅坑。我的时光只有被安顿在这里，它才不会消失，而被我转化成一个个独异又鲜活的生命，以及一行行永不褪色的文字。然而我一年里把多少时光抛入尘嚣，或是支付给种种一闪即逝的虚幻的社会场景。甚至有时属于自己的时光反成了别人的恩赐。检阅一下自己创造的人物吧，掂量他们的寿命有多长。艺术家的生命是用他艺术的生命计量的。每个艺术家都有可能达到永恒，放弃掉的只能是自己。是不是？

迎面那宋代天王瞪着我，等我回答。

我无言以对，尴尬到了自感狼狈。

忽然，电来了，灯光大亮，事物通明，恍如更换天地。刚才那片幽阔深远的思想世界顿时不在，唯有烛火空自燃烧，显得多余。再看那宋代的天王像，在灯光里仿佛换了一个神气，不再那样咄咄逼人了。

我也不用回答他，因为我已经回答自己了。

懒 / 梁实秋

人没有不懒的。

大清早，尤其是在寒冬，被窝暖暖的，要想打个挺就起床，真不容易。荒鸡叫，由它叫。闹钟响，何妨按一下钮，在床上再赖上几分钟。白香山大概就是一个惯睡懒觉的人，他不讳言“日高睡足犹慵起，小阁重衾不怕寒”。他不仅懒，还馋，大言不惭地说：“慵馋还自哂，快乐亦谁知？”白香山活了七十五岁，可是写了两千七百九十首诗，早晨睡睡懒觉，我们还有什么说的？

懒字从女，当初造字的人好像是对于女性存有偏见。其实勤与懒与性别无关。历史人物中，疏懒成性者嵇康要算是一位。他自承：“不涉经学，性复疏懒，筋驽肉缓，头面常一月十五日不洗，不大闷痒，不能沐也。每常小便，而忍不起，令胞中略转，乃起耳。”同时，他也是“卧喜晚起”之徒，而且“性复多虱，把搔无已”。他可以长期的不洗头、不洗脸、不洗澡，以至于浑身生虱！和扪虱而谈的王猛都是一时名士。白居易“经年不沐浴，尘垢满肌肤”，还不是由于懒？苏东坡好像也够邋遢的，他有“老来百事懒，身垢犹念浴”之句，懒到身上蒙垢的时候才做沐浴之想。女人似不至此，尚无因懒而昌言无隐引以自傲的。主持中馈的一向是女人，缝衣捣砧的也一向是女人。“早起三光，晚起三慌”是从前流行的女性自励语，所谓三光、三慌是指头上、脸上、脚上。从前的女人，夙兴夜寐，没有不患睡眠不足的，上上下下都要伺候周到，还要揪着公鸡的尾巴就起来，来照顾她自己的“妇容”。头要梳，脸要洗，脚要裹。所以朝晖未上就花朵盛开的牵牛花，别称为“勤娘子”，懒婆娘没有欣赏的分，大概她只能观赏昙花。时到如今，情形当然不同，我们放眼观察，所谓前进的新女性，哪一个不是生龙活虎一般，主内兼主外，集家事与职业于一身？世上如果真有所谓懒婆娘，我想其数目不会多于好吃懒做的男子汉。北平从前有一个流行的儿歌：“头不梳，脸不洗，拿起尿盆儿就舀米。”这是夸张的讽刺。懒字从女，有一点冤枉。

凡是自安于懒的人，大抵有他或她的一套想法。可以推给别人做的事，何必自己做？可以拖到明天做的事，何必今天做？一推一拖，懒之能事尽矣。自以为偶然偷懒，无伤大雅。而且世事多变，往往变则通，在推拖之际，情势起了变化，可能一些棘手的问题会自然解决。“不需计较苦劳心，万事元来有命！”好像有时候馅饼是会从天上掉下来似的。这种打算只有一失，因为人生无常，如石火风灯，今天之后有明天，明天之后还有明天，可是谁也不知道自己还有没有明天。即使命不该绝，明天还有明天的事，事越积越多，越多越懒得去做。“虱多不痒，债多不愁”，那是自我解嘲！懒人做事，拖拖拉拉，到头来没有不丢三落四狼狈慌张的。你懒，别人也懒，一推再推，推来推去，其结果只有误事。

懒不是不可医，但须下手早，而且须从小处着手。这事需劳作父母的帮一把手。有一家三个孩子都贪睡懒觉，遇到假日还理直气壮的大睡，到时候母亲拿起晒衣服用的竹竿在三张小床上横扫，三个小把戏像鲤鱼打挺似的翻身而起。此后他们养成了早起的习惯，一直到大。父亲房里有几份报纸，欢迎阅览，但是他有一个怪毛病，任谁看完报纸之后，必须折好叠好放还原处，否则他就大吼大叫。于是三个小把戏触类旁通，不但看完报纸立即还原，对于其他家中日用品也不敢随手乱放。小处不懒，大事也就容易勤快。

我自己是一个相当的懒的人，常走抵抗最小的路，虚掷不少的光明。“架上非无书，眼慵不能看”（白居易句）。等到知道用功的时候，徒惊岁晚而已。英国十八世纪的绥夫特，偕仆远行，路途泥泞，翌晨呼仆擦洗他的皮靴，仆有难色，他说："今天擦洗干净，明天还是要泥污。"绥夫特说："好，你今天不要吃早餐了。今天吃了，明天还是要吃。"唐朝的高僧百丈禅师，以"一日不作，一日不食"自励，每天都要劳动做农事，至老不休。有一天他的弟子们看不过，故意把他的农具藏了起来，使他无法工作，他于是真个的饿了自己一天没有进食。得道的方外的人都知道刻苦自律。清代画家石溪和尚在他一幅《溪山无尽图》上题了这样一段话，特别令人警惕。

大凡天地生人，宜清勤自持，不可懒惰。若当得个懒字，便是懒汉，终无用处。……残衲住牛首山房朝夕焚诵，稍余一刻，必登山选胜，一有所得，随笔作山水数幅或字一段，总之不放闲过。所谓静生动，动必作出一番事业。端教一个人立于天地间无愧。若忽忽不知，懒而不觉，何异草木！

一株小小的含羞草，尚且不是完全的"忽忽不知，懒而不觉！"若是人而不如小草，羞！羞！羞！

初冬浴日漫感 / 丰子恺

离开故居一两个月，一旦归来，坐到南窗下的书桌旁时第一感到异样的，是小半书桌的太阳光。原来夏已去，秋正尽，初冬方到，窗外的太阳已随分南倾了。

把椅子靠在窗缘上，背着窗坐了看书，太阳光笼罩了我的上半身。它非但不像一两月前地使我讨厌，反使我觉得暖烘烘地快适。这一切生命之母的太阳似乎正在把一种祛病延年、起死回生的乳汁，通过了它的光线而流注到我的体中来。

我掩卷冥想：我吃惊于自己的感觉，为什么忽然这样变了？前日之所恶变成了今日之所欢；前日之所弃变成了今日之所求；前日之仇变成了今日之恩。张眼望见了弃置在高阁上的扇子，又吃一惊。前日之所欢变成了今日之所恶；前日之所求变成了今日之所弃；前日之恩变成了今日之仇。

忽又自笑，“夏日可畏，冬日可爱”，以及“团扇弃捐”，乃古之名言，夫人皆知，又何足吃惊？于是我的理智屈服了。但是我的感觉仍不屈服，觉得当此炎凉递变的交代期上，自有一种异样的感觉，足以使我吃惊。这仿佛是太阳已经落山而天还没有全黑的傍晚时光：我们还可以感到昼，同时已可以感到夜。又好比一脚已跨上船而一脚尚在岸上的登舟时光：我们还可以感到陆，同时已可以感到水。我们在夜里固皆知道有昼，在船上固皆知道有陆，但只是“知道”而已，不是“实感”。我久被初冬的日光笼罩在南窗下，身上发出汗来，渐渐润湿了衬衣。当此之时，浴日的“实感”与挥扇的“实感”在我身中混成一气，这不是可吃惊的经验吗？

于是我索性抛书，躺在墙角的藤椅里，用了这种混成的实感而环视室中，觉得有许多东西大变了相。有的东西变好了：像这个房间，在夏天常嫌其太小，洞开了一切窗门，还不够，几乎想拆去墙壁才好。但现在忽然大起来，大得很！不久将要用屏帏把它隔小来了。又如案上这把热水壶，以前曾被茶缸驱逐到碗橱的角里，现在又像纪念碑似的矗立在眼前了。棉被从前在伏日里晒的时候，大家讨嫌它既笨且厚，现在铺在床里，忽然使人悦目，样子也薄起来了。沙发椅子曾经想卖掉，现在幸而没有人买去。从前曾经想替黑猫脱下皮袍子，现在却羡慕它了。反之，有的东西变坏了：像风，从前人遇到了它都称“快哉！”欢迎它进来。现在渐渐拒绝它，不久要像防贼一样严防它入室了。又如竹榻，以前曾为众人所宝，极一时之荣。现在已无人问津，形容枯槁，毫无生气了。壁上一张汽水广告画。角上画着一大瓶汽水，和一只泛溢着白泡沫的玻璃杯，下面画着海水浴图。以前望见汽水图口角生津，看了海水浴图恨不得自己做了画中人，现在这幅画几乎使人打寒噤了。裸体的洋团团趺坐在窗口的小书架上，以前觉得它太写意，现在看它可怜起来。希腊古代名雕的石膏模型 Venus[①]立像，把裙子褪在大腿边，高高地独立在凌空的花盆架上。我在夏天看见她的脸孔是带笑的，这几天望去忽觉其容有蹙，好像在悲叹她自己失却了两只手臂，无法拉起裙子来御寒。

其实，物何尝变相？是我自己的感觉变叛了。感觉何以能变叛？是自然教它的。自然的命令何其严重：夏天不由你不爱风，冬天不由你不爱日。自然的命令又何其滑稽：在夏天定要你赞颂冬天所诅咒的，在冬天定要你诅咒夏天所赞颂的！

人生也有冬夏。童年如夏，成年如冬；或少壮如夏，老大如冬。在人生的冬夏，自然也常教人的感觉变叛，其命令也有这般严重，又这般滑稽。

---

① 维纳斯

生命的三分之一 / 邓拓

一个人的生命究竟有多大意义，这有什么标准可以衡量吗？提出一个绝对的标准当然很困难；但是，大体上看一个人对待生命的态度是否严肃认真，看他对待劳动、工作等等的态度如何，也就不难对这个人的存在意义做出适当的估计了。

古来一切有成就的人，都很严肃地对待自己的生命，当他活着一天，总要尽量多劳动、多工作、多学习，不肯虚度年华，不让时间白白地浪费掉。我国历代的劳动人民以及大政治家、大思想家等等都莫不如此。

班固写的《汉书·食货志》上有下面的记载："冬，民既入，妇人同巷，相从夜绩，女工一月得四十五日。"

这几句读起来很奇怪，怎么一月能有四十五天呢？再看原文底下颜师古做了注解，他说：“一月之中，又得夜半为十五日，共四十五日。”

这就很清楚了。原来我国的古人不但比西方各国的人更早地懂得科学地、合理地计算劳动日，而且我们的古人老早就知道对于日班和夜班的计算方法。

一个月本来只有三十天，古人把每个夜晚的时间算作半日，就多了十五天。从这个意义上说来，夜晚的时间实际上不就等于生命的三分之一吗？

对于这三分之一的生命，不但历代的劳动人民如此重视，而且有许多大政治家也十分重视。班固在《汉书·刑法志》里还写道：

“（秦始皇）躬操文墨，昼断狱，夜理书。”

有的人一听说秦始皇就不喜欢他，其实秦始皇毕竟是中国历史上的一个伟大人物，班固对他也还有一些公平的评价。这里写的是秦始皇在夜间看书学习的情形。

据刘向的《说苑》所载，春秋战国时有许多国君都很注意学习。如：

“晋平公问于师旷曰：‘吾年七十，欲学恐已暮矣。’师旷曰：‘何不炳烛乎？’”

在这里，师旷劝七十岁的晋平公点灯夜读，拼命抢时间，争取这三分之一的生命不至于继续浪费，这种精神多么可贵啊！

《北史·吕思礼传》记述这个北周大政治家生平勤学的情形是：

“虽务兼军国，而手不释卷。昼理政事，夜即读书，令苍头执烛，烛烬夜有数升。”

光是烛灰一夜就有几升之多，可见他夜读何等勤奋了。像这样的例子还有很多。

为什么古人对于夜晚的时间都这样重视，不肯轻轻放过呢？我认为这就是他们对待自己生命的三分之一的严肃认真态度，这正是我们所应该学习的。

我之所以想利用夜晚的时间，向读者同志们做这样的谈话，目的也不过是要引起大家注意珍惜这三分之一的生命，使大家在整天的劳动、工作以后，以轻松的心情，领略一些古今有用的知识而已。

第二章

想给的陪伴，不要留到明天

大舅早已退休，现整日在家侍候着患老年痴呆的舅母。

他离家时不过二十出头，走了很多年，也走了很多地方，

回来时，舅母的神智已渐渐离开这个世界。

他守候在她身边，侍候她饮食起居，搀扶她去散步……

这或可写成一个感人泪下的浪漫故事，

浪漫，或曾有过，但最终仍归于沉默。

白猫王子五岁 / 梁实秋

五年前的一个夜晚，菁清从门外檐下抱进一只小白猫，时蒙雨凄其，春寒尚厉。猫进到屋里，仓皇四顾，我们先飨以一盘牛奶，他舔而食之。我们揩干了他身上的雨水，他便呼呼的倒头大睡。此后他渐渐肥胖起来，菁清又不时把他刷洗得白白净净，戏称之为白猫王子。

他究竟生在哪一天，没人知道，我们姑且以他来我家的那一天定为他的生日（三月三十日），今天他五岁整，普通猫的寿命据说是十五六岁，人的寿命则七十就是古稀之年了，现在大概平均七十。所以猫的一岁在比例上可折合人的五岁。白猫王子五岁相当于人的二十五岁，正是青春旺盛的时候。

凡是我们所喜欢的对象，我们总会觉得他美。白猫王子并不一定是怎样的美丰姿，可是他眉清目秀，蓝眼睛、红鼻头、须眉修长，而又有一副楚楚可怜的样子。腰臀一部分特别硕大，和头部不成比例，腹部垂腴，走起来摇摇摆摆，有人认为其状不雅，我们不以为嫌。去年七月二十日报载，“二十四日在美国佛罗里达州巴马布耳所举行的一九八一年‘全美迷人小猫竞赛’中，一只名叫邦妮贝尔的小猫得了首奖。可是他虽然顶着后冠，却不见得很高兴。”高兴不是猫，是猫的主人。我们不会教白猫王子参加任何竞赛，他已经有了王子的封号，还急着需要什么皇冠？他就是我们的邦妮贝尔。

刘克庄有一首《诘猫诗》，有句云：

饭有溪鱼眠有毯，
忍教鼠啮案头书？

我们从来没有要求过猫做什么事。他吃的不只是溪鱼，睡的也不只是毛毯，我们的住处没有鼠，他无用武之地，顶多偶然见了蟑螂而惊叫追逐，菁清说这是他对我们的服务。我们吃饭的时候他常蹲在餐桌上，虎视眈眈，但是他不伸爪，顶多走近盘边闻闻。喂他几块鱼虾鸡鸭之类，他浅尝辄止。他从不偷嘴。他吃饱了，抹抹脸就睡，弯着腰睡，趴着睡，仰着睡，有时候爬到我们床上枕着我们的臂腿睡。他有二十六七磅重，压得人腿脚酸麻。我们外出，先把他安顿好，鱼一钵，水一盂，有时候给他盖一床被，或是搭一个篷。等我们回来，门锁一响，他已蹿到门口相迎。这样，他便已给了我们很大的满足。

“花如解语还多事，石不能言最可人。”猫相当的解语，我们喊他一声“猫咪！”“胖胖！”他就喵的一声。我耳聋，听不见他那细声细气的一声喵，但是我看见他一张嘴，腹部一起落，知道他是回答我们的招呼。他不会说话，但是菁清好像略通猫语，她能辨出猫的几种不同的鸣声。例如：他饿了，他要人给他开门，他要人给他打扫卫生设备，他因寂寞而感到烦躁，都有不同的声音发出来。无论有什么体己话，说给他听，或是被他听见，他能珍藏秘密不泄露出去。不过若是以恶声斥责他，他是有反应的，他不回嘴，他转过身去趴下，做无奈状。

有人不喜欢猫。我的一位朋友远道来访，先打电话来说：“听说府上有猫，请先把他藏起来，我怕猫。”真的，有人一见了猫就会昏倒。有人见了老鼠也会昏倒，何况猫？据民生报一九八二年四月二十三日一篇文章报道，法国国王亨利三世一见到猫就会昏倒。法国国王查理九世时的大诗人龙沙有这样的诗句：

当今世上

谁也没我那么厌恶猫

我厌恶猫的眼睛、脑袋，还有凝视的模样

一看见猫，我掉头就跑

人之好恶本不相同。我不否认猫有一些短处，诸如倔强、自尊、自私、缺乏忠诚等等。不过，猫和人一样，总不免有一点脾气，一点自私，不必计较了。家里有装潢、有陈设、有家具、有花草，再有一只与虎同科的小动物点缀其间来接受你的爱抚，不是很好吗？

菁清对于苦难中小动物的怜悯心是无止境的，同时又觉得白猫王子太孤单，于是去年又抱进来一只小黑猫。这个“黑猫公主”性格不同，活泼善斗、体态轻盈、白须黄眼，像是平剧（指京剧）中的“开口跳”。两只猫在一起就要斗，追逐无已时。不得已我们把黑猫关在笼子里，或是关在一间屋里，实行黑白隔离政策。可是黑猫隔着笼子还要伸出爪子撩惹白猫，白猫也常从门缝去逗黑猫。相见争如不见，无情还似有情。我想有一天我们会逐渐解除这个隔离政策的。

白猫倏已五岁，我们缘分不浅，同时我亦不免兴起春光易老之感。多少诗人词人唤取春留驻，而春不肯留！我们只好“片时欢乐且相亲”，愿我的猫长久享受他的鱼餐锦被，吃饱了就睡，睡足了就吃。

初恋的自白 / 胡也频

下面所说的，是一个青春已经萎谢，而还是独身着的或人的故事：

大约是十二岁，父亲就送我到相隔两千余里之远的外省去读书，离开家乡，不觉间已是足足的三年零四个月了。就在这一年的端午节后三日得了我母亲的信，她要我回家，于是我就非常不能耐地等着时光的过去，盼望暑假到来；并且又像得了属于苦工的赦免一般，考完试验；及到了讲演堂前面那赭色古旧的墙上，由一个正害着眼病的校役，斜斜地贴出那实授海军少将的校长的放学牌示之时，我全个的胸膛里都充满着欢喜了，差不多快乐得脸上不断地浮现着微笑。

从这个学校回到我的家，是经过两个大海，但是许多人都羡慕的这一次的海上风光，却被我忽略去了，因为我正在热心的思想着家乡情景。

一切的事物在眷恋中，不必是美丽的，也都成为可爱了，——尤其是对于曾偷吃过我的珍珠鸟的那只黑猫，我也宽恕它既往的过失，而生起亲切的怀念。

到了家，虽说很多的事实和所想象的相差，但那欢喜却比意料的更大了。

母亲为庆贺这家庭中新的幸福，发出了许多请帖，预备三桌酒席说是替我接风。

第二天便来了大人和小孩的男男女女的客。

在这些相熟和只能仿佛地觉得还认识的客中，我特别注意到那几个年约十二三岁的女孩子。她们在看我的眼中，虽说模样各异，却全是可爱，但是在这可爱中而觉得出众的美丽的，是我不知道叫她做什么名字的那个。

因为想起她是和我的表姨妈同来，两人相像，我就料定她也是我的表妹妹；她只有我的肩头高。

“表妹！”一直到傍晚时分，我才向她说，这时她正和一个高低相等的女孩子，躲在西边的厢房里面，折叠着纸塔玩。

听我在叫她，她侧过脸来，现出一点害羞，但随着在娇媚的脸儿上便浮起微笑。

“是不是叫你做表妹？”我顺手拿起另一张纸，也学她折叠纸塔。

她不语。

那个女孩子也不知怎的，悄悄地走开了，于是这个宽大的厢房里面只剩下两个人：我和她。

她很自然，依样低头的，用她那娇小的手指，继续着折叠那纸塔。我便跑开去，拿来我所心爱的英文练习本，把其中的漂亮的洋纸扯开，送给她，并且我自己还折了火轮船、屋子、蛤蟆和鸟儿之类的东西，也都送给她。她接受了我的这些礼物，却不说出一句话来，只用她的眼光和微笑，向我致谢。

我忽然觉到，我的心原先是空的，这时才因她的眼光和微笑而充满了异样的喜悦。

她的塔折叠好了，约有一尺多高，就放在其余的纸物件中间，眼睛柔媚的斜着去看，这不禁使我小小的心儿跳动了。

“这好看，”我说，“把它送给我，行不行？”

她不说话，只用手把那个塔拿起来，放到我面前，又微笑，眼光充满着明媚。

我正想叫她一声“观音菩萨”，作为感谢，一个仆妇却跑来，并且慌慌张张的，把她拉走了，她不及拿去我送给她的那些东西。看她临走时，很不愿意离开的回望我的眼波，我惘然了，若有所失地对那些纸物件痴望。

因久等仍不见她来，我很心焦地跑到外面去找，但是在全屋子里面，差不多每一个空隙都瞧过了，终不见她的半点影子。于是，在我的母亲和女客们的谈话中间，关于她，我听到不幸的消息，那是她的父亲病在海外，家里突接到这样的信，她和她的母亲全回家去了。我心想，她今夜无论如何，是不会再到这里来上酒席了。我就懊悔到尽痴望纸塔，而不曾随她出去，在她身边，和她说我心里的话，要她莫忘记我；并且，那些纸折的东西也是应该给她的。我觉得我全然做错了。

我一个人闷闷的，又来到西厢房，看见那些小玩艺儿，心更惘然了；我把它们收起，尤其是那个塔，珍重地放到小小的皮箱里去。

这一夜为我而设的酒席上面，因想念她，纵有许多男男女女的客都向我说笑，我也始终没有感到欢乐，只觉得很无聊似的；我的心情是完全被怅惘所包围着。

由是，一天天的，我的心只希望着她能够再来，看一次她的影子也好；但是这希望，无论我是如何的诚恳，如何的急切，全等于梦，渺茫的，而且不可摸捉，使得我仿佛曾受了什么很大的损失。

我每日怅怅的，母亲以为我有了不适，然而我能够向她说出些什么话呢？我年纪还小，旧礼教的权威又压迫着我的全心灵，我终于撒谎了，说是因为我的肚子受了寒气。

我不能对于那失望，用一种明了的解释，我只模模糊糊地觉得，没有看见她，我是很苦恼的。

大约是第四天，或是第五天吧，那个仆妇单独地来到，说是老爷的病症更加重，太太和小姐都坐海船走了。——啊！这些话在我的耳里便变成了巨雷！我知道，我想再见到她，是不可能的事了。我永远记着这个该诅咒的日子。

始终没有和她做第二的见面，那学校的开学日期却近了，于是我又离开家；这一次的离家依样带着留恋，但在我大部分的心中，是充满着恼恨。

在校中，每次写信给双亲的时候，我曾想——其实是因想到她，才想起给家里写信，但结果都被胆怯所制，不敢探问到她，即有时已写就了几句，也终于涂抹了，或者又连信扯碎。

第二年的夏天，我毕业了，本想借这机会回家去，好生的看望她，向她说出我许久想念她的心事；但当时却突然由校长的命令（为的我是高才生），不容人拒绝和婉却的，把我送到战舰上去实事练习了。于是，另一种新的生活，我就开始了，并且脚踪更无定，差不多整年的浮在海面，漂泊去，又漂泊来，离家也就更远了。因此，我也就更深的想念着她。

时光——这东西像无稽的梦幻，模糊的，在人的不知觉间，消去了，我就这样忽忽的，并且没有间断地在狂涛怒浪之中，足足地度过六年，我以为也像是一个星期似的。

其实，这六年，想起来是何等可怕的长久啊。在其间，尤其是在最后的那两年，因为我年纪的增长，我已明了所谓男女之间的关系了，但因这，对于我从幼小时所深印的她的影子，也随着更活泼，更鲜明，并且更觉得美丽和可爱了，我一想到她应该有所谓及笄年纪的时候，我的心就越跳跃，我愿向她这样说：我是死了，我的心烂了，我的一切都完了，我没有梦的背景和生活的希望了，倘若我不能得到你的爱！——并且我还要继续说——倘若你爱我，我的心将充满欢乐，我不死了，我富有一切，我有了美丽的梦和生活的意义，我将成为宇宙的幸福王子。……想着时，我便重新展览了用全力去珍重保存的那些纸折的物件，我简直要发狂了，我毫无顾忌地吻她的那个纸塔——我的心就重新挟击着两件东西：幸福和苦恼。

我应该补说一句：在这六年中，我的家境全变了，父亲死去，唯一的弟弟也病成瘫子，母亲因此哭瞎了眼睛……那么，关于我所想念的她，我能用什么方法去知道呢？能在我瞎子的母亲面前，不说家境所遭遇的不幸，而恳恳的只关心于我所爱恋的她吗？我只能常常向无涯的天海，默祷神护佑，愿她平安、快乐和美丽……

倘若我无因的想起她也许已嫁人，在这时，我应该怎样说？我的神！我是一个壮者，我不畏狂涛，不畏飓风，然而我哭了，我仿佛就觉得死是美丽，唯有死才是我最适合的归宿，我是失去我的生活的一切能力了。

不过，想到她还是待人的处女的时候，我又恢复了所有生活的兴趣，我有驱逐一切魔幻的勇气，我是全然醒觉了，存在了。

总而言之，假使生命须一个主宰，那么她就是主宰我生命的神！

我的生活是建设在她上面。

然而，除了她的眼光和微笑，我能够多得一些什么？

这一直到六年之最末的那天，我离开那艘战舰，回到家里的时候……

能够用什么话去形容我的心情？

我看见到她（这是在表姨妈家里），她是已出嫁两年了，拖着毛毵毵黄头发不满周岁的婴儿，还像当年模样。我惊诧了，我欲狂奔去，但是我突然被了一种感觉，我又安静着；啊，只有神知道，我的心是如何的受着无形的利刃的宰割！

为了不可攻的人类的虚伪，我忘却了自己，好像的忘却了一般，我安静而且有礼地问她好，抚摩她的小孩，她也殷勤地关心我海上的生活情况并且叹息我家境的变迁，彼此都坦然的，孜孜地说着许许多多零碎的话，差不多所想到的事件都说出了。

真的，我们的话语是像江水一般不绝地流去，但是我始终没有向她说："表妹，你还记得吗，七年前你折叠的那个纸塔，还在我箱子里呢！"

叛逆者 / 史铁生

姥爷还在国民党中做官的时候，大舅已离家出走参加了解放军。不过我猜想，这父子俩除去主义不同，政见各异，彼此肯定是看重的。所以我从未听说过姥爷对大舅的叛逆有多么愤怒。所以，解放前夕大舅也曾跑回老家，劝姥爷出去避一避风头。

姥爷死后，大舅再没回过老家。我记得姥姥坐在床上纳鞋底时常常念叨他，夸他聪明、英俊、性情仁义。母亲也是这样说。母亲说，她和大舅从小就最谈得来。

四五岁时我见过一次大舅。有一天我正在院子里玩，院门外大步流星走来了一个青年军官。他走到我跟前，弯下腰来仔细看我："嘿，你是谁呀？"现在我可以说，他那样子真可谓光彩照人，但当时我找不出这样的形容，唯被他的勃勃英气惊呆在那儿。呆愣了一会儿，我往屋里跑，身后响起他爽朗的大笑。母亲迎出门来，母亲看着他也愣了一会儿，然后就被他搂进臂弯，我记得那一刻母亲忽然变得像个小姑娘了……然后他们一起走进屋里……然后他送给母亲一个漂亮的皮包，米色的，真皮的，母亲喜欢得不得了，以后的几十年里只在最庄重的场合母亲才背上它……再然后是一个星期天，我们一起到中山公园去，在老柏树摇动的浓荫里，大舅和母亲没完没了地走呀，走呀，没完没了地说。我追在他们身后跑，满头大汗，又累又无聊。午饭时我坐在他俩中间，我听见他们在说姥姥，说老家，说着一些往事。最后，母亲说："你就不想回老家去看看？"母亲望着大舅，目光里有些严厉又有些凄哀。大舅不回答。大舅跟我说着笑话，对母亲的问题"哼哼咳咳"不置可否。我说过我记事早。我记得那天春风和煦，柳絮飞扬；我记得那顿午饭空前丰盛，从未见过的美味佳肴，我埋头大吃；我记得，我一直担心着那个空白的人形会闯进来危及这美妙时光，但还好，那天他们没有说起"他"。

那天以后大舅即告消失，几十年音信全无。

一年又一年，母亲越来越多地念起他："也不知道他现在在哪儿？"听得出，母亲已经不再那么怪他了。母亲说他做的是保密工作，研究武器的，身不由己。母亲偶尔回老家去从不带着我，想必也是怕我挨近那片危险——这不会不使她体谅了大舅。为了当年对大舅的严厉，想必母亲是有些后悔。“这么多年，他怎么也不给我来封信呢？”母亲为此黯然神伤。

大舅早年的离家出走，据说很有些逃婚的因素，他的婚姻也是由家里包办的。“我姥爷包办的？”“不，是你太姥爷的意思。”大舅是长孙，他的婚事太姥爷要亲自安排，这关系到此一家族的辽阔土地能否有一个可靠的未来。这件事谁也别插嘴，姥爷也不行——别看你当着个破官；土地！懂吗？在太姥爷眼里那才是真东西。

太姥爷，一个典型的中国地主。中国的地主并非都像“黄世仁”。在我浅淡的记忆里，太姥爷须发全白，枯瘦，步履蹒跚，衣着破旧而且邋遢。因为那时他已是一无所有了吧？也不是。母亲说：“他从来就那样，有几千亩地的时候也是那样。出门赶集，见路边的一脬牛粪他也要兜在衣襟里捡回来，抖落到自家地里。”他只看重一种东西：地。“周扒皮”那样的地主一定会让他笑话，你把长工都得罪了就不怕人家糟踏你的地？就不怕你的地里长不出好庄稼？太姥爷比“周扒皮”有远见，对长工们从不怠慢。既不敢怠慢，又舍不得给人家吃好的，于是长工们吃什么他也就跟着一起吃什么，甚至长工们剩下的东西他也要再利用一遍，以自家之肠胃将其酿成自家地里的肥。“同吃同住同劳动”一类的倡导看来并不是什么新发明。太姥爷守望着他的地，盼望年年都能收获很多粮食。很多粮食卖出很多钱，很多钱再买下很多地，很多地里再长出很多粮食……如此循环再循环，到底为了什么他不问。他梦想着有更多的土地姓他的姓，但是为什么呢？天经地义，他从未想过这里面还会有个“为什么”。而他自己呢？最风光的时候，也不过一个坐在自己的土地中央的邋里邋遢的瘦老头。

这才是中国地主的典型形象吧。我的爷爷、太爷、老太爷，乃至老老太爷都是地主，据说无一例外莫不如此，一脑袋高粱花子，中着土地的魔。但再往上数，到老老老太爷，到老老老老……太爷，总归有一站曾经是穷人，穷得叮当响，从什么什么地方逃荒到了此地，然后如何如何克勤克俭，慢慢富足起来——这也是中国地主所常有的、牢记于心的家史。

不过，在我的记忆里，这瘦老头对我倒是格外亲切，我的要求他一概满足，我的一切非分之想他都容忍，甚至我的一蹦一跳都让他牵心挂肚。每逢年节，他从老家来北京看我（母亲说过，他主要是想看看我），带来乡下的土产，带来一些小饰物给我挂在脖子上，带来特意在城里买的点心，一点一点地掰着给我吃……他双臂颤微微地围拢我，不敢抱紧又不敢放松，好像一不留神我就会化作一缕青烟飞散。料必是因为他的长子已然夭折，他的长孙又远走他乡，而他的晚辈中我是唯一还不懂得与他划清界限的男人。而这个小男人，以其孩子特有的敏锐早已觉察到，他可以对这个老头颐指气使为所欲为。我在他怀中又踢又打胡作非为，要是母亲来制止，我只需加倍喊叫，母亲就只好躲到一边去忍气吞声。我要是高兴捋捋这老头的胡须，或漫不经心地叫他一声“太姥爷”，他便会眉开眼笑得到最大的满足。但是我不能满足他总想亲亲我的企图——他那么瘦，又那么邋遢。

大舅抗婚不成，便住到学校去不回家。暑假到了，不得不回家了，据说大舅回到家就一个人抱着铺盖睡到屋顶上去。我想姥爷一定是同情他的，但爱莫能助。我想大舅母一定只有悄然落泪，或许比她的婆婆多了一些觉醒，果真这样也就比她的婆婆更多了一层折磨。太姥爷呢，必定是大发雷霆。我想象不出那样一个瘦老头何以会有如此威严，竟至姥爷和大舅也都只好俯首听命。大舅必是忍无可忍，于是下决心离家出走，与这个封建之家一刀两断……

那大约已是四十年代中期的事，共产主义的烽火正以燎原之势遍及全国。

天下大同，那其实是人类最为悠久的梦想，唯于其时其地这梦想已不满足于仅仅是梦想，从祈祷变为实际（另一种说法是“由空想变成科学”），风展红旗如画，统一思想统一步伐奔向被许诺为必将实现的人间天堂。

四十多年过去，大舅回来了，出现在我面前的是一个白发驼背的老人。记得第一次见到他时他弯下腰来问我：“嘿，你是谁？”那时我刚来到人间不久。现在轮到我问他了：“你是谁？”我确实在心里这样问着：你就是那个光彩照人的青年军官吗？我慢慢看他，寻找当年的踪影。但是，那个大步流星的大舅已随时间走失，换成一个步履迟缓的陌生人回来了。我们互相通报了身份，然后一起吃饭，喝茶，在陌生中寻找往日的亲情。我说起那个春天，说起在中山公园的那顿午餐，他睁大眼睛问我：“那时有你吗？”我说：“我跟在你们后头跑，只记得到处飘着柳絮，是哪一年可记不清了。”终于，不可避免地我们说到了母亲，大舅的泪水夺眶而出，泣不成声。他要我把母亲的照片拿给他，这愿望想必已在他心里存了很久，只不敢轻易触动。他捧着母亲的照片，对我的表妹说：“看看姑姑有多漂亮，我没瞎说吧？”

这么多年他都在哪儿，都是怎么过来的？母亲若在世，一定是要这样问的。我想还是不问吧。他也只说了一句，但这一句却是我怎么也没料到的——“这些年，在外边，我净受欺负了。”是呀是呀，真正是回家的感觉，但这里面必有很多为猜想所不及的、由分分秒秒所构筑的实际内容。

那四十多年，要是我愿意我是可以去问个究竟的，他现在住得离我并不太远。但我宁愿保留住猜想。这也许是因为，描摩实际并不是写作的根本期冀。

他早已退休，现在整天都在家里，从早到晚侍候着患老年痴呆症的舅母。还是当年的那个舅母，那个为他流泪多年的人。他离家时不过二十出头吧，走了很多年，走了很多地方，想必也走过了很多情感，很多的希望与失望都不知留在了哪儿，最后，就像命中注定，他还是回到了这个舅母身边。回来时两个人都已是暮年。回来时，舅母的神智已渐渐离开这个世界，执意越走越远，不再醒来。他守候在她身边，侍候她饮食起居，侍候她沐浴更衣，搀扶她去散步，但舅母呆滞的目光里再也没有春秋寒暑，再也没有忧喜悲欢，太阳在那儿升起又在那儿降落，那双眼睛看一切都是寻常，仿佛什么也不想再说。大舅昼夜伴其左右，寸步不离，她含混的言语只有他能听懂……

这或可写成一个感人泪下的浪漫故事。但只有在他们真确的心魂之外，才可能制作“感人”与“浪漫”。否则便不会浪漫。否则仍然没有浪漫，仍然是分分秒秒构筑的实际。而浪漫，或曾有过，但最终仍归于沉默。

我有一种希望，希望那四十多年中大舅曾经浪漫，曾经有过哪怕是短暂的浪漫时光。我希望那样的时光并未被时间磨尽，并未被现实湮灭，并未被“不可能”夺其美丽。我不知道是谁，曾使他夜不能寐，曾使他朝思暮想心醉神痴，使他接近过他离家出走时的向往，使那个风流倜傥的青年军官梦想成真，哪怕只在片刻之间……我希望他曾经这样，我希望不管现实如何或实际怎样，梦想，仍然还在这个人的心里，“不可能”唯消损着实际，并不能泯灭人的另一种存在。我愿意在舅母沉睡之时，他独自去拒马河寂静的长堤上漫步，心里不仅祈祷着现实，而因那美丽的浪漫并未死去，也祈祷着未来，祈祷着永远。

黄昏后 / 许地山

承欢、承懽两姊妹在山上采了一篓羊齿类的干草，是要用来编造果筐和花篮的。她们从那条崎岖的山径一步一步地走下来，刚到山腰，已是喘得很厉害，二人就把篓子放下，歇息一会。

承欢的年纪大一点，所以她的精神不如妹妹那么活泼，只坐在一根横露在地面的榕树根上头，一手拿着手巾不歇地往脸上和脖颈上揩拭。她的妹妹坐不一会，已经跑入树林里，低着头，慢慢找她心识中的宝贝去了。

喝醉了的太阳在临睡时，虽不能发出他固有的本领，然而还有余威把他的妙光长箭射到承欢这里。满山的岩石、树林、泉水，受着这妙光的赏赐，越觉得秋意阑珊了。汐涨的声音，一阵一阵地从海岸送来，远地的归鸟和落叶混着在树林里乱舞。承欢当着这个光景，她的眉、目、唇、舌也不觉跟着那些动的东西，在她那被日光熏黑了的面庞飞舞着。她高兴起来，心中的意思已经禁止不住，就顺口念着："碧海无风涛自语，丹林映日叶思飞！……"还没有念完，她的妹妹就来到跟前，衣裾里兜着一堆的叶子，说："姊姊，你自己坐在这里，和谁说话来？你也不去帮我捡捡叶子，那边还有许多好看的哪。"她说着，顺手把所得的枯叶一片一片地拿出来，说："这个是蚶壳……这是海星……这是没有鳍的翻车鱼……这卷得更好看，是爸爸吸的淡芭菰……这是……"她还要将那些受她想象变化过的叶子，一一给姊姊说明；可是这样的讲解，除她自己以外，是没人愿意用工夫去领教的。承欢不耐烦地说："你且把它们搁在篓里罢，到家才听你的，现在我不愿意听咧。"承懽斜着眼瞧了姊姊一下，一面把叶子装在篓里，说："姊姊不晓得又想什么了。在这里坐着，愿意自己喃喃地说话，就不愿意听我所说的！"承欢说："我何尝说什么，不过念着爸爸那首《秋山晚步》罢了。"她站起来，说："时候不早了，咱们走吧。你可以先下山去，让我自己提着篓子。"承懽说："我不，我要陪着你走。"

二人顺着山径下来，从秋的夕阳渲染出来等等的美丽已经布满前路：霞色、水光、潮音、谷响、草香等等更不消说；即如承欢那副不白的脸庞也要因着这个就增了几分本来的姿色。承欢虽是走着，脚步却不肯放开，生怕把这样晚景错过了似的。她无意中说了声：“呀！妹妹，秋景虽然好，可惜太近残年咧。”承懽的年纪只十岁，自然不能懂得这位十五岁的姊姊所说的是什么意思。她就接着说：“挨近残年，有什么可惜不可惜的？越近残年越好，因为残年一过，爸爸就要给我好些东西玩，我也要穿新做的衣服——我还盼望它快点过去哪。”

她们的家就在山下，门前朝着南海。从那里，有时可以望见远地里一两艘法国巡舰在广州湾驶来驶去。姊妹们也说不清她们所住的到底是中国地，或是法国领土，不过时常理会那些法国水兵爱来村里胡闹罢了。刚进门，承懽便叫一声：“爸爸，我们回来了！”平常她们一回来，父亲必要出来接她们，这一次不见他出来，承欢以为她父亲的注意是贯注在书本或雕刻上头，所以教妹妹不要声张，只好静静地走进来。承欢把篓子放下，就和妹妹到父亲屋里。

她们的父亲关怀所住的是南边那间屋子，靠壁三五架书籍。又陈设了许多大理石造像——有些是买来的，有些是自己创作的。从这技术室进去就是卧房。二人进去，见父亲不在那里。承欢向壁上一望，就对妹妹说：“爸爸又拿着基达尔出去了。你到妈妈坟上，瞧他在那里不在。我且到厨房弄饭，等着你们。”

她们母亲的坟墓就在屋后自己的荔枝园中。承懽穿过几棵荔枝树，就听见一阵基达尔的乐音，和着她父亲的歌喉。她知道父亲在那里，不敢惊动他的弹唱，就蹑着脚步上前。那里有一座大理石的坟头，形式虽和平常一样，然而西洋的风度却是很浓的。瞧那建造和雕刻的功夫，就知道平常的工匠做不出来，一定是关怀亲手所造的。那墓碑上不记年月，只刻着“佳人关山恒媚”，下面一行小字是“夫关怀手泐”。承欢到时，关怀只管弹唱着，像不理会他女儿站在身旁似的。直等到西方的回光消灭了，他才立起来，一手挟着乐器，一手牵着女儿，从园里慢慢地走出来。

一到门口，承懽就嚷着：“爸爸回来了！”她姊姊走出来，把父亲手里的乐器接住，且说：“饭快好啦，你们先到厅里等一会，我就端出来。”关怀牵着承懽到厅里，把头上的义辮脱下，挂在一个衣架上头，回头他就坐在一张睡椅上和承懽谈话。他的外貌像一位五十岁左右的日本人，因为他的头发很短，两撇胡子也是含着外洋的神气。停一会，承欢端饭出来，关怀说：“今晚上咱们都回得晚。方才你妹妹说你在山上念什么诗；我也是在书架上偶然捡出十几年前你妈妈写给我的《自君之出矣》，我曾把这十二首诗入了乐谱，你妈妈在世时很喜欢听这个，到现在已经十一二年不弹这调了。今天偶然被我翻出来，所以拿着乐器走到她坟上再唱给她听，唱得高兴，不觉反复了几遍，连时间也忘记了。”承欢说：“往时爸爸到墓上奏乐，从没有今天这么久，这诗我不曾听过……”承懽插嘴说：“我也不曾听过。”承欢接着说：“也许我在当时年纪太小不懂得。今晚上的饭后谈话，爸爸就唱一唱这诗，且给我们说说其中的意思罢。”关怀说：“自你四岁以后，我就不弹这调了，你自然是不曾听过的。”他抚着承懽的头，笑说：“你方才不是听过了吗？”承懽摇头说：“那不算，那不算。”他说：“你妈妈这十二首诗没有什么可说的，不如给你们说咱们在这里住着的缘故罢。”

吃完饭，关怀仍然倚在睡椅下头，手里拿着一支雪茄，且吸且说。这老人家在灯光之下说得眉飞目舞，教姊妹们的眼光都贯注在他脸上，好像藏在叶下的猫儿凝神守着那翩飞的蛱蝶一般。

关怀说：“我常愿意给你们说这事，恐怕你们不懂得，所以每要说时，便停止了。咱们住在这里，不但邻舍觉得奇怪，连阿欢，你的心里也是很诧异的。现在你的年纪大了，也懂得一点世故了，我就把一切的事告诉你们吧。”

“我从法国回到香港，不久就和你妈妈结婚。那时刚要和东洋打仗，邓大人聘了两个法国人做顾问，请我到兵船里做通译。我想着，我到外洋是学雕刻的，通译，哪里是我做得来的事，当时就推辞他。无奈邓大人一定要我去，我碍于情面也就允许了。你妈妈虽是不愿意，因为我已允许人家，所以不加拦阻。她把脑后的头发截下来，为我做成那条假辫。”他说到这里，就用雪茄指着衣架，接着说：“那辫子好像叫卖的幌子，要当差事非得带着它不可。那东西被我用了那么些年，已修理过好几次，也许现在所有的头发没有一根是你妈妈的哪。”

“到上海的时候，那两个法国人见势不佳，没有就他的聘。他还劝我不用回家，日后要用我做别的事，所以我就暂住在上海。我在那里，时常听见不好的消息，直到邓大人在威海卫阵亡时，我才回来。那十二首诗就是我入门时，你妈妈送给我的。”

承欢说：“诗里说的都是什么意思？”关怀说：“互相赠予的诗，无论如何，第三个人是不能理会，连自己也不能解释给人听的。那诗还搁在书架上，你要看时，明天可以拿去念一念。我且给你说此后我和你妈妈的事。”

“自那次打败仗，我自己觉得很羞耻，就立意要隔绝一切的亲友，跑到一个孤岛里居住，为的是要避掉种种不体面的消息，教我的耳朵少一点刺激。你妈妈只劝我回硇洲去，但我很不愿意回那里去，以后我们就定意要搬到这里来。这里离硇洲虽是不远，乡里的人却没有和我往来，我想他们必是不知道我住在这里。

“我们买了这所房子，连后边的荔枝园。二人就在这里过很欢乐的日子。在这里住不久，你就出世了。我们给你起个名字叫承欢……”承懽紧接着问：“我呢？”关怀说：“还没有说到你咧，你且听着，待一会才给你说。”

他接着说：“我很不愿意雇人在家里做工，或是请别人种地给我收利。但耨田插秧的事都不是我和你妈妈做得来的，所以我们只好买些果树园来做生产的源头，西边那丛椰子林也是在你一周岁时买来做纪念的。那时你妈妈每日的功课就是乳育你，我在技术室做些经常的生活以外，有工夫还出去巡视园里的果树。好几年的工夫，我们都是这样地过，实在快乐啊！

“唉，好事是无常的！我们在这里住不上五年，这一片地方又被法国占据了！当时我又想搬到别处去，为的是要回避这种羞耻，谁知这事不能由我做主，好像我的命运就是这样，要永远住在这蒙羞的土地似的。”关怀说到这里，声音渐渐低微，那忧愤的情绪直把眼睑垂下一半，同时他的视线从女儿的脸上移开，也被地心引力吸住了。

承懽不明白父亲的心思，尽说：“这地方很好，为什么又要搬呢？”承欢说：“啊，我记得爸爸给我说过，妈妈是在那一年去世的。”关怀说：“可不是！从前搬来这里的时候，你妈妈正怀着你，因为风波的颠簸，所以临产时很不顺利，这次可巧又有了阿懂，我不愿意像从前那么唐突，要等她产后才搬。可是她自从得了租借条约签押的消息以后，已经病得支持不住了。”那声音的颤动，早已把承欢的眼泪震荡出来。然而这老人家却没有显出什么激烈的情绪，只皱一皱他的眉头而已。

他往下说：“她产后不上十二个时辰就……”承懽急急地问：“是养我不是？”他说：“是。因为你出世不久，你妈妈便撇掉你，所以给你起个名字做阿懽，懽就是忧而无告的意思。”

这时，三个人缄默了一会。门前的海潮音，后园的蟋蟀声，都顺着微风从窗户间送进来。桌上那盏油灯本来被灯花堵得火焰如豆一般大，这次因着微风，更是闪烁不定，几乎要熄灭了。关怀说：“阿欢，你去把窗户关上，再将油灯整理一下。……小妹妹也该睡了，回头就同她到卧房去吧。”

不论什么人都喜欢打听父母怎样生育他，好像念历史的人爱读开天辟地的神话一样。承懽听到这个去处，精神正在活泼，哪里肯去安息。她从小凳子上站起来，顺势跑到父亲面前，且坐在他的膝上，尽力地摇头说：“爸爸还没有说完哪。我不困，快往下说吧。”承欢一面关窗，一面说：“我也愿意再听下去，爸爸就接着说罢。今晚上迟一点睡也无妨。”她把灯芯弄好，仍回原位坐下，注神瞧着她的父亲。

油灯经过一番收拾，越显得十分明亮，关怀的眼睛忽然移到屋角一座石像上头。他指着对女儿说：“那就是你妈妈去世前两三点钟的样子。”承懽说：“姊姊也曾给我说过那是妈妈，但我准知道爸爸屋里那个才是。我不信妈妈的脸难看到这个样子。”他抚着承懽的颅顶说：“那也是好看的。你不懂得，所以说她不好看。”他越说越远，几乎把方才所说的忘掉，幸亏承欢再用话语提醒他，他老人家才接续地说下去。

他说：“我的搬家计划，被你妈妈这一死就打消了。她的身体已藏在这可羞的土地，而且你和阿懽年纪又小，服侍你们两个小姊妹还忙不过来，何况搬东挪西地往外去呢？因此，我就定意要终身住在这里，不想再搬了。”

“我是不愿意雇人在家里为我工作的。就是乳母，我也不愿意雇一个来乳育阿懽。我不信男子就不会养育婴孩，所以每日要亲自尝试些乳育。”承懽问：“爸爸，当时你有奶子给我喝吗？”关怀说：“我只用牛乳喂你。然而男子有时也可以生出乳汁的。……阿欢，我从前不曾对你说过孟景休的事吗？”承欢说：“是，他是一个孝子，因为母亲死掉，留下一个幼弟，他要自己做乳育，果然有乳浆从他的乳房溢出来。”关怀笑说：“我当时若不是一个书呆子，就是这事一定要孝子才办得到，贞夫是不许做的。我每每抱着阿懂，让她啜我的乳头，看看能够溢出乳浆不能，但试来试去，都不成功。养育虽然是苦，我却以为这是父母二人应当共同去做的事情，不该让为母的独自担任这番劳苦。”

承欢说：“可是这事要女人去做才合宜。”

“是的。自从你妈妈没了以后，别样事体倒不甚棘手，对于你所穿的衣服总觉得肮脏和破裂得非常的快。我自己也不会做针黹，整天要为你求别人缝补。这几乎又要把我所不求人的理想推翻了！当时有些邻人劝我为你们续娶一个……”

承欢说：“我们有一位后娘倒好。”

那老人家瞪着眼，口里尽力地吸着雪茄，少停，他的声音就和青烟一齐冒出来。他郑重地说：“什么？一个人能像禽兽一样，只有生前的恩爱，没有死后的情愫吗？”

从他口里吐出来的青烟早已触得承懽康康地咳嗽起来。她断续地说：“爸爸的口直像王家那个破灶，闷得人家的眼睛和喉咙都不爽快。”关怀拍着她的背说：“你真会用比方！……这是从外洋带回来的习惯，不吸它也罢，你就拿去搁在烟盂里罢。”承懽拿着那支雪茄，忽像想起什么事似的，她定到屋里把所捡的树叶拿出来，对父亲说：“爸爸吸这一枝罢，这比方才那枝好得多。”她父亲笑着把叶子接过去，仍教承懽坐在膝上，眼睛望着承欢说：“阿欢，你以再婚为是吗？”他的女儿自然不能回答，也不敢回答这重要的问题。她只嘿嘿地望着父亲两只灵活的眼睛，好像要听那两点微光的回答一样。那回答的声音果如从父亲的眼光中发出来——他凝神瞧着承欢说：“我想你也不以为然。一个女人再醮，若是人家要轻看她，一个男子续娶，难道就不应当受轻视吗？所以当时凡有劝我续弦的，都被我拒绝了。我想你们没有母亲虽是可哀，然而有一个后娘更是不幸的。”

门前的海潮音，后园的蟋蟀声，加上檐牙的铁马和树上的夜啼鸟，这几种声音直像强盗一样，要从门缝窗隙间闯进来捣乱他们的夜谈。那两个女孩子虽不理会，关怀的心却被它们抢掠去了。他的眼睛注视着窗外那似树如山的黑影。耳中听着那钟铮铮铛铛、嘶嘶嗦嗦、汩汩溦溦的杂响，口里说：“我一听见铁马的音响，就回想到你妈妈做新娘时，在洞房里走着，那脚钏铃铛的声音。那声音虽有大小的分别，风味却差不多。”

他把射到窗外的目光移到承欢身上，说：“你妈妈姓山，所以我在日间或夜间偶然瞧见尖锥形的东西就想着山，就想着她。在我心目中的感觉，她实在没死，不过是怕遇见更大的羞耻，所以躲藏着，但在人静的时候，她仍是和我在一处的。她来的时候，也去瞧你们，也和你们谈话，只是你们都像不大认识她一样，有时还不瞅睬她。”承懽说：“妈妈一定是在我们睡熟时候来的，若是我醒时，断没有不瞅睬她的道理。”那老人家抚着这幼女的背说：“是的。你妈妈常夸奖你，说你聪明，喜欢和她谈话，不像你姊姊越大就越发和她生疏起来。”承欢知道这话是父亲造出来教妹妹喜欢的，所以她笑着说：“我心里何尝不时刻惦念着妈妈呢？但她一来到，我怎么就不知道，这真是怪事！”

关怀对着承欢说：“你和你妈妈离别时年纪还小，也许记不清她的模样，可是你须知道，不论要认识什么物体都不能以外貌为准的，何况人面是最容易变化的呢？你要认识一个人，就得在他的声音、容貌之外找寻，这形体不过是生命中极短促的一段罢了。树木在春天发出花叶，夏天结了果子，一到秋冬，花、叶、果子多半失掉了，但是你能说没有花、叶的就不是树木吗？池中的蝌蚪，渐渐长大成长一只蛤蟆，你能说蝌蚪不是小蛤蟆吗？无情的东西变得慢，有情的东西变得快。故此，我常以你妈妈的坟墓为她的变化身，我觉得她的身体已经比我长得大，比我长得坚强，她的声音，她的容貌，是遍一切处的。我到她的坟上，不是盼望她那卧在土中的肉身从墓碑上挺起来，我瞧她的身体就是那个坟墓，我对着那墓碑就和在这屋对你们说话一样。”

承懽说：“哦，原来妈妈不是死，是变化了。爸爸，你那么爱妈妈，但她在这变化的时节，也知道你是疼爱她的吗？”

“她一定知道的。”

承懽说：“我每到爸爸屋里，对着妈妈的遗像叫唤、抚摩，有时还敲打她几下。爸爸，若是那像真是妈妈，她肯让我这样抚摩和敲打吗？她也能疼爱我，像你疼我一样吗？”

关怀回答说：“一定很喜欢。你妈妈连我这么高大，她还十分疼爱，何况你是一个聪明伶俐的小孩子！妈妈的疼爱比爸爸大得多。你睡觉的时候，爸爸只能给你垫枕、盖被；若是妈妈，一定要将她那只滑腻而温暖的手臂给你枕着，还要搂着你，教你不惊不慌地安睡在她怀里。你吃饭的时候，爸爸只能给你预备小碗、小盘；若是妈妈，一定要把她那软和而常摇动的膝头给你做凳子，还要亲手递好吃的东西到你口里。你所穿的衣服，爸爸只能为你买些时式的和贵重的；若是妈妈，一定要常常给你换新样式，她要亲自剪裁，亲自刺绣，要用最好看的颜色——就是你最喜欢的颜色——给你做上。妈妈的疼爱实在比爸爸的大得多！”

承懽坐在父亲膝上，一听完这段话，她的身体的跳荡好像骑在马上一样。她一面摇着身子，一面拍着自己两条小腿，说：“真的吗？她为何不对我这样做呢？爸爸，快叫妈妈从坟里出来罢。何必为着这蒙羞的土地就藏起来，不教她亲爱的女儿和她相会呢？从前我以为妈妈的脾气老是那个样子：两只眼睛瞧着人，许久也不转一下；和她说话也不答应；要送东西给她，她两只手又不知道往哪里去，也不会伸出来接一接，所以我想她一定是不懂人情的。现在我就知道她不是无知的。爸爸，你为我到坟里把妈妈请出来罢，不然，你就把前头那扇石门挪开，让我进去找她。爸爸曾说她在晚间常来，待一会，她会来吗？”

关怀把她亲了一下，说：“好孩子，你方才不是说你曾叫过她？摸过她，有时还敲打她吗？她现在已经变成那个样子了，纵使你到坟墓里去找她也是找不着的。她常在我屋里，常在那里（他指着屋角那石像），常在你心里，常在你姊姊心里，常在我心里。你和她说话或送东西给她时，她虽像不理你，其实她疼爱你，已经领受你的敬意。你若常常到她面前，用你的孝心、你的诚意供献给她，日子久了，她心喜欢让你见着她的容貌。她要用妩媚的眼睛瞧着你，要开口对你发言，她那坚硬而白的皮肤要化为柔软娇嫩，好像你的身体一样。待一会，她一定来，可是不让你瞧见她，因为她先要瞧瞧你对于她的爱心怎样，然后教你瞧见她。”

承欢也随着对妹妹证明说：“是，我像你那么大的时候，也很愿意见妈妈一面。后来我照着爸爸的话去做，果然妈妈从石像座儿走下来，搂着我和我谈话，好像现在爸爸搂着你和你谈话一样。”

承懽把右手的食指含在口里，一双伶俐的小眼射在地上，不歇地转动，好像了悟什么事体，还有所发明似的。她抬头对父亲说：“哦，爸爸，我明白了。以后我一定要格外地尊敬妈妈那座造像，盼望她也能下来和我谈话。爸爸，比如我用尽我的孝敬心来服侍她，她准能知道吗？”

“她一定知道的。”

“那么，方才所捡那些叶子，若是我好好地把它们藏起来，一心供养着，将来它们一定也会变成活的海星、瓦楞子或翻车鱼了。”关怀听了，莫名其妙。承欢就说：“方才妹妹捡了一大堆的干叶子，内中有些像鱼的，有些像螺贝的，她问的是那些东西。”关怀说：“哦，也许会，也许会。”承懽要立刻跳下来，把那些叶子搬来给父亲瞧，但她的父亲说：“你先别拿出来，明天我才教给你保存它们的方法。”

关怀生怕他的爱女晚间说话过度，在睡眠时做梦，就劝承懽说：“你该去睡觉啦。我和你到屋里去吧。明早起来，我再给你说些好听的故事。”承懽说：“不，我不。爸爸还没有说完呢，我要听完了才睡。”关怀说：“妈妈的事长着呢，若是要说，一年也说不完，明天晚上再接下去说罢。”那小女孩于是从父亲膝上跳下来，拉着父亲的手，说：“我先要到爸爸屋里瞧瞧那个妈妈。”关怀就和她进去。

他把女儿安顿好，等她睡熟，才回到自己屋里。他把外衣脱下，手里拿着那个叆叇囊，和腰间的玉佩，把玩得不忍撒手，料想那些东西一定和他的亡妻关山恒媚很有关系。他们的恩爱公案必定要在临睡前复讯一次。他走到石像前，不歇用手去摩弄那坚实而无知的物体，且说：“多谢你为我留下这两个女孩，教我的晚景不至过于惨淡。不晓得我这残年要到什么时候才可以过去，速速地和你同住在一处。唉！你的女儿是不忍离开我的，要她们成人，总得在我们再会之后。我现在正浸在父亲的情爱中，实在难以解决要怎样经过这衰弱的残年，你能为我和从你身体分化出来的女儿们打算吗？”

他静静地站在那里，好像很注意听着那石像的回答。可是那用手造的东西怎样发出她的意思，我们的耳根太钝，实在不能听出什么话来。

他站了许久，回头瞧见承欢还在北边的厅里编织花篮，两只手不停地动来动去，口里还低唱着她的歌。他从窗门对女儿说：“我儿，时候不早了，明天再编吧。今晚上妹妹话说得过多，恐怕不能好好地睡，你得留神一点。”承欢答应一声，就把那个未做成的篮子搁起来，把那盏小油灯拿着到自己屋里去了。

灯光被承欢带去以后，满屋都被黑暗充塞着。秋萤一只两只地飞入关怀的卧房，有时歇在石像上头。那光的闪烁，可使关山恒媚的脸对着她的爱者发出一度一度的流盼和微笑。但是从外边来的，还有汩湓的海潮音，嘶嘶的蟋蟀声，铮铛的铁马响，那可以说是关山恒媚为这位老鳏夫唱的催眠歌曲。

月光 / 田汉

床前明月光，疑是地上霜，
举头望明月，低头思故乡。
——李　白

有许多人心里有什么不好过的事情的时候总爱喝酒，说因此可以忘记他的所苦。但以他的经验，却不然，他越喝酒，心里越加明白，内心的悲哀不独不能因酒支吾过。而且因为酒的力量把妨碍悲哀之发泄的种种的顾虑全除去了，反显出他真确的姿态来。

他到这异乡的上海生活以来，不知不觉又过了两个节了。七月七刚过了，又是八月中秋，好快的日子！他的弟弟买了许多桂花来插在瓶里，摆在靠墙放置的桌上。没有读过什么书的弟弟也懂得色调的配合。他因嫌白壁太单调了，不足以显出桂花的好处来，便借邻居叶君的一块紫色的花布钉在墙上，那金黄的桂花得了紫色的衬托果然越加夺目，萧索的寓楼中有了她发散出来的芳香，顿时温馨了许多。因为今晚是八月节，清澄皎洁的月光不可辜负。和他同居的 E 君爱喝几杯，打了许多酒来，晚间便大吃大喝，他约莫也喝了斤把花雕，正如上面说的，将欲消愁，而愁的形态像雨过天晴的月色一样更加明显起来，他便倒在床上睡了。E 君与他弟弟邀他到街头步月，他没有应他们，他们以为他睡着了，便不勉强他。他们去后，他起来拿起笔来要写一点东西，但是写不了，头好像有一点痛，便熄了电灯，依然睡在床上。电灯一黑，那清圆的好月立刻趁着她那放射的银线由窗子里跳进他房里来，吻着他的床。他此时的心里虽因喝了酒愈加明白，但在他眼里的月的姿态却模糊起来了。

“S 妹。”他喊她一声，她不答应，知道她睡着了。他把她的被盖好，起来放好帐子，房里虽然有一盏美孚灯，但不足以抵御月光的侵入。他走到书桌旁边坐下了，桌上还放着栈房里老板送来的月饼，他虽不饥，无聊地也拿着吃了，一面吃一面痴痴地抬头望着窗外，真是玉宇无尘，晶光似濯。他想此时若能同她一块儿去步月是何等幸福，偏她又一病至此。又念刚回去的慈母、幼儿，今晚不知在哪里过节，他一边想，一边听着帐子里的呼吸，也还均匀，似乎一时不至于醒来。他便慢慢地出了房门，走到院子里，满地银光，真如积水空明。由院子直走，出了大门便是扬子江边了，由堤边一带垂杨荫里望那扬子江时，滚滚江涛映在月光之中，就像无数人鱼在清宵浴舞，他独自一人伫立多时，渐渐觉得身上穿的单衫挡不住午夜的江风，又恐怕那卧病在异乡客舍中的可怜的人要醒了，急忙拭干眼中因江风送来的水珠，慢慢地踱回房里去了——这是他的去年今夜。

这时是他和她回上海的第一年。他们和他的朋友 Z 君夫妇住在哈同花园后面民厚南里的一家楼上。这天晚上也是八月中秋， Z 君和另一朋友邀他们俩同去步月，她穿着红色的毛衣同他们出去。从静安寺路转到赫德路，又转到福煦路，就是围着民厚里打了一个圈圈，他们便和 Z 君等分开了，他们沿着古拔路，在丰茂的白杨树荫下携手徐行，低声地谈着他们谈不完的心曲。那时的古拔路，一边是洋房子，一边却是一条小港，小港的那边是几畦菜园，还有一座有栏杆的小桥，桥头有几株垂杨低低地拂着桥栏，桥下水虽不流，却有浓绿的浮萍，浮萍里还偶然伸出一两朵鲜艳的水仙花。靠着菜园那边，还有一带芦苇，参差有致。他们自从发现了这块地方，常常爱到这里来散步。今晚他们因想这块具备了长芦垂柳碧水小桥的地方在明月之中不知更增几许姿态。所以特来领略这美丽的自然。果然不使他们失望，柳、芦、桥、水、浮萍、水仙都好像特做新装迎接他们。他们站在桥头受着月光的祝福，他觉得这种情境很有画意，回家后他便画了几张小桥观月图分送他的好友。

他回忆了去年和大前年、今年的情景，又联想到今夜的故乡。母亲和孩子在乡里过节了，母亲一定思念她在外面的儿子，孩子虽小也一定想念他在外面的父亲，但他一定以为他的妈，也同他的爹爹一起在上海，他哪里知道今晚的月光，不能照到他妈妈的脸上，只能照着她的坟上的青草呢！

可怜一样团圞月，半照孤坟半照人。

他还没有念完这两句诗，便痛哭得在床上打滚了。

上面这几段东西是他昨晚写的。因为都是月夜的回忆，他题之曰“月光”。不过他今早起来，照着他床上的不是“凄凉的月光”，却是和暖的阳光。他昨夜的泪痕，在阳光中一忽儿都晒干了。他以后不敢再在月光底下回忆，不敢再于佳节良辰喝酒，不敢再惹起他的旧痛。他年纪还不大，还想忍着痛苦做些事，这也是她所希望于他的，他现在与惠特曼同样要求着“赫耀而沉默的太阳”，他与惠特曼同样唱着《大路之歌》了。

从此以后，我不再呜咽了，不再因循了，我什么都不要，我只勇猛地，满足地，登我的大道！

无法投递之邮件 / 许地山

给琰光

不能投递之原因——琰光南归就婚，嘱所有男友来书均退回。

你在我心中始终是一个生面人，彼此间再也不能有什么微妙深沉的认识了，这也是难怪的。白孔雀和白熊虽是一样清白，而性情的冷暖各不相同，故所住的地方也不相同。我看出来了！你是白熊，只宜徘徊于古冰峥嵘的岩壑间，当然不能与我这白孔雀一同飞翔于缨藤缕缕、繁花树树的森林里。可惜我从前对你所有意绪，到今日落得寸断毫分，流离到踪迹都无。我终恨我不是创作者呀！怎么连这刹那等速的情爱时间也做不来？

我热极了，躺在病床上，只是同冰做伴。你的情愫也和冰一样，我愈热，你愈融，结果只使我戴着一头冷水。就是在手中的，也消融尽了。人间第一痛苦就是无情的人偏会装出多情的模样，有情的倒是缄口束手，无所表示！启芳说我是泛爱者，劳生说我是兼爱者，但我自己却以为我是困爱者。我实对你说，我自己实不敢做，也不能做爱恋业，为困于爱，故镇日颠倒于这甜苦的重围中，不能自行救度。爱的沉沦是一切救主所不能救的。爱的迷蒙是一切“天人师”所不能训诲开示的。爱的刚愎是一切“调御丈夫”所不能降伏的。

病中总希望你来看看我，不想你影儿不露，连信也不来！似游丝的情绪只得因着记忆的风挂搭在西园西篱，晚霞现处。那里站着我儿时曾爱，现在犹爱的邕。她是我这一生第一个女伴，二十四年的别离，我已成年，而心像中的邕还是两股小辫垂在绿衫儿上。毕竟是别离好啊！别离的人总不会老的，你不来也就罢了，因为我更喜欢在旧梦中寻找你。

你去年对我说那句话，这四百日中，我未尝忘掉要给你一个解答。你说爱是你的，你要予便予，要夺便夺。又说要得你的爱须付代价。咦，你老脱不掉女人的骄傲！无论是谁，都不能有自己的爱，你未生以前，爱恋早已存在，不过你偷了些少来眩惑人罢了。

你到底是个爱的小窃，同时是个爱的典质者。你何尝花了一丝一忽的财宝，或费了一言一动的劳力去索取爱恋，你就想便宜得来，高贵地售出？人间第二痛苦就是出无等的代价去买不用劳力得来的爱恋。我实在告诉你，要代价的爱情，我买不起。

焦把纸笔拿到床边，迫着我写信给你，不得已才写了这一套话。我心里告诉我说，从诚实心表现出来的言语，永不至于得罪人，所以我想上头所说的不会动你的怒。

给憬然三姑

不能投递之原因——本宅并无“三姑”称谓。

我来找你，并不是不知道你已嫁了，怎么你总不敢出来和我叙叙旧话？我一定要认识你的“天”以后才可以见你吗？三千里的海山，十二年的隔绝，此间：每年、每月、每个时辰、每一念中都盼着要再会你。一踏入你的大门，我心便摆得如秋千一般，几乎把心房上的大脉震断了。谁知坐了半天，你总不出来！好容易见你出来，客气话说了，又坐我背后。那时许多人要与我谈话，我怎好意思回过脸去向着你？

合卺酒是女人的忺兜汤，一喝便把儿女旧事都忘了，所以你一见了我，只似曾相识，似不相识，似怕人知道我们曾相识，两意三心，把旧时的好话都撇在一边。

那一年的深秋，我们同在昌华小榭赏残荷。我的手误触在竹栏边的仙人掌上，竟至流血不止。你从你的镜囊取出些粉纸，又拔两根你香柔而黑甜的头发，为我裹缠伤处。你记得那时所说的话吗？你说："这头发虽然不如弦的韧，用来缠伤，足能使得，就是用来系爱人的爱也未必不能胜任。"你含羞说出的话真的把我心系住，可是你的记忆早与我的伤痕一同丧失了。

又是一年的秋天，我们同在屋顶放一只心形纸鸢。你扶着我的肩膀看我把线放尽了。纸鸢腾得很高，因为风力过大，扯得线儿欲断不断。你记得你那时所说的话吗？你说："这也不是'红线'，容它断了吧。"我说："你想我舍得把我偷闲做成的'心'放弃掉吗？纵然没有红线，也不能容它流落。"你说："放掉假心，还有真心呢。"你从我手里把白线夺过去，一撒手，纸鸢便翻了无数的筋斗，带着堕线飞去，挂在皇觉寺塔顶。那破心的纤维也许还存在塔上，可是你的记忆早与当时的风一样地不能追寻了。

有一次，我们在流花桥上听鹧鸪，你的白袜子给道旁的曼陀罗花汁染污了。我要你脱下来，让我替你洗净。你记得当时你说什么来？你说："你不怕人笑话吗——岂有男子给女人洗袜子的道理？

你忘了我方才用栀子花蒂在你掌上写了我的名字吗？一到水里，可不把我的名字从你手心洗掉，你怎舍得？”唉，现在你的记忆也和写在我掌上的名字一同消灭了！

真是！合卺酒是女人的懵兜汤，一喝便把儿女旧事都忘了。但一切往事在我心中都如残机的线，线线都相连着，一时还不能断尽。我知道你现在很快活，因为有了许多子女在你膝下。我一想起你，也是和你对着儿女时一样地喜欢。

给诵幼

不能投递之原因——地址不明，退发信人写明再递。

诵幼，我许久没见你了。我近来患失眠症。梦魂呢，又常困在躯壳里飞不到你身边，心急得很。但世间事本无客人着急的余地，越着急越不能到，我只得听其自然罢了。你总不来我这里，也许你怪我那天藏起来，没有出来帮你忙的缘故。呀，诵幼，若你因那事怪了我，可就冤枉极了！我在那时，全身已抛在烦恼的海中，自救尚且不暇，何能顾你？今天接定慧的信，说你已经被释放了，我实在欢喜得很！呀，诵幼，此后须要小心和男子相往来。你们女子常说“男子坏的很多”，这话诚然不错。但我以为男子的坏，并非他生来就是如此的，是跟女子学来的。诵幼，我说这话，请你不要怪我。你的事且不提，我拿文锦的事来说吧。他对于尚素本来是很诚实的，但尚素要将她和文锦的交情变为更亲密的交情，故不得不胡乱献些殷勤。呀，女人的殷勤，就是使男子变坏的砒石哟！我并不是说女子对于男子要很森严、冷酷，像怀霄待人一样，不过说没有智慧的殷勤是危险的罢了。

我盼望你今后的景况像湖心的白鸽一样。

覆诵幼

不能投递之原因——该处并无此人。

“是神造宇宙、造人间、造人、造爱；还是爱造人、造人间、造宇宙、造神？”这实与“是男生女，是女生男”的旧谜一般难决。我总想着人能造的少，而能破的多。同时，这一方面是造，那一方面便是破。世间本没有“无限”。你破璞来造你的玉簪，破贝来造你的珠珥，破木为梁，破石为墙，破蚕、棉、麻、麦、牛、羊、鱼、鳖的生命来造你的日用饮食，乃至破五金来造货币、枪弹，以残害同类、异种的生命。这都是破造双成的。要生活就得破。就是你现在的“室家之乐”也从破得来。你破人家亲子之爱来造成的配偶，又何尝不是破？破是不坏的，不过现代的人还找不出破坏量少而建造量多的一个好方法罢了。

你问我和她的情谊破了不，我要诚实地回答你说：诚然，我们的情谊已经碎为流尘，再也不能复原了；但在清夜中，旧谊的鬼灵曾一度蹑到我记忆的仓库里，悄悄把我伐情的斧——怨恨——拿走。我揭开被褥起来，待要追它，它已乘着我眼中的毛轮飞去了。这不易寻觅的鬼灵只留它的踪迹在我书架上。原来那是伊人的文件！我伸伸腰，揉着眼，取下来念了又念，伊人的冷面复次显现了。旧的情谊又从字里行间复活起来。相怨后的复和，总解不通从前是怎么一回事，也诉不出其中的甘苦。心面上的青紫唯有用泪洗濯而已。有涩泪可流的人还算不得是悲哀者。所以我还能把壁上的琵琶抱下来弹弹，一破清夜的岑寂。你想我对着这归来的旧好必要弹些高兴的调子。可是我那夜弹来弹去只是一阕《长相忆》，总弹不出《好事》！这奈何，奈何？我理会从记忆的坟里复现的旧谊，多年总有些分别。但玉在她的信里附着几句短词嘲我说：

噫，说到相怨总是表面事，
心里的好人儿仍是旧相识。
是爱是憎本容不得你做主，

你到底是个爱恋的奴隶！

她所嘲于我的未免太过。然而那夜的境遇实是我破从前一切情愫所建造的。此后，纵然表面上极淡的交谊也没有，而我们心心的理会仍可以来去自如。

你说爱是神所造，劝我不要拒绝，我本没有拒绝，然而憎也是神所造，我又怎能不承纳呢？我心本如香水海，只任轻浮的慈惠船载着喜爱的花果在上面游荡。至于满载痴石嗔火的簰筏，终要因它的危险和沉重而消没净尽，焚毁净尽。爱憎既不由我自主，那破造更无消说了。因破而造，因造而破，缘因更迭，你哪能说这是好，那是坏？至于我的心迹连我自己也不知道，你又怎能明其奥妙？人到无求，心自清宁，那时既无所造作，亦无所破坏。我只觉我心还有多少欲念除不掉，自当勇敢地破灭它至于无余。

你，女人，不要和我讲哲学。我不懂哲学。我劝你也不要希望你脑中有百“论”、千“说”、亿万“主义”，那由他“派别”，辩来论去，逃不出鸡子方圆的争执。纵使你能证出鸡子是方的，又将如何？你还是给我讲讲音乐好。近来造了一阕《暖云烘寒月》琵琶谱，顺抄一份寄给你。这也是破了许多工夫造得来的。

给贞蕤

不能投递之原因——此人已离广州。

自走马营一别，至今未得你的消息。知道你的生活和行脚僧一样，所以没有破旅愁的书信给你念。昨天从秫香处听见你的近况，且知道你现在住在这里，不由得我不写这几句话给你。

我的朋友，你想北极的冰洋上能够长出花菖蒲，或开得像尼罗河边的王莲来吗？我劝你就回家去吧。放着你清凉而恬淡的生活不享，飘零着找那不知心的“知心人”，为何自找这等刑罚？纵说是你当时得罪了他，要找着他向他谢罪，可是罪过你已认了，那温润不挠、如玉一般的情好岂能弥补得毫无瑕疵？

我的朋友，我常想着我曾用过一支笔，有一天无意中把笔尖误烧了（因为我要学篆书，听人说烧尖了好写），就不能再用它。但我很爱那笔，用尽许多法子，也补救不来；就是拿去找笔匠，也不能出什么主意，只是叫我再换过一支罢了。我对于那天天接触的小宝贝，虽舍不得扔掉，也不能不把它藏在笔囊里。人情虽不能像这样换法，然而，我们若在不能换之中，姑且当作能换，也就安慰多了。你有心牺牲你的命运，他却无意成就你的愿望，你又何必？我劝你早一点回去吧，看你年少的容貌或逃镜影中，在你背后的黑影快要闯入你的身里，把你青春一切活泼的风度赶走，把你光艳的躯壳夺去了。

我再三叮咛你，不知心的“知心人”，纵然找着了，只是加增懊恼，毫无用处的。

覆真龄

不能投递之原因——真龄去国，未留住址。

自与那人相怨后，更觉此生不乐。不过旧时的爱好，如洁白的寒鹭，三两时间飞来歇在我心中泥泞的枯塘之岸，有时漫涉到将干未干的水中央，还能使那寂静的平面随着她的步履起些微波。

唉，爱姊姊和病弟弟总是孪生的啊！我已经百夜没睡了。我常说，我的爱如香冽的酒，已经被人饮尽了，我哀伤的金罍里只剩些残冰的融液，既不能醉人，又足以冻我齿牙。你试想，一个百夜不眠的人，若渴到极地，就禁得冷饮吗？

“为爱恋而去的人终要循着心境的爱迹归来。”我老是这样地颠倒梦想。但两人之中，谁是为爱恋先走开的？我说那人，那人说我。谁也不肯循着谁的爱迹归来。这委是一件胡卢事！玉为这事也和你一样写信来呵责我，她真和她眼中的瞳子一样，不用镜子就映不着自己。所以我给她寄一面小镜去。她说：“女人总是要人爱的。”难道男子就不是要人爱的？她当初和球一自相怨后，也是一样蒙起各人的面具，相逢直如不识。他们两个复和，还是我的工夫，我且写给你看。

那天，我知道球要到帝室之林去赏秋叶，就怂恿她与我同去。我远地看见球从溪边走来，借故撇开她，留她在一棵枫树下坐着，自己藏在一边静观。人在落叶上走是秘不得的。球的足音，谅她听得着。球走近树边二丈相离的地方也就不往前进了。他也在一根横卧的树根上坐下，拾起枯枝只顾挥拨地上的败叶。她偷偷地看球，不作声，也不到那边去。球的双眼有时也从假意低着的头斜斜地望她。他一望，玉又假做看别的了。谁也不愿意表明谁看着谁来。你知道这是很平常的事。由爱至怨，由怨至于假不相识，由假不相识也许能回到原来的有情境地。我见如此，故意走回来，向她说：“球在那边哪！”她回答：“看见了。”你想这话若多两个字“钦此”，岂不成这娘娘的懿旨？我又大声嚷球。他的回答也是一样地庄严，几乎带上“钦此”二字。我跑去把球揪来。对他们说：“你们彼此相对道道歉，如何？”到底是男子容易劝。球到她跟前说：“我也不知道怎样得罪你。他迫着我向你道歉，我就向你道歉吧。”

她望着球，心里愉悦之情早破了她的双颊冲出来。她说：“人为什么不能自主到这步田地？连道个歉也要朋友迫着来。”好了，他们重新说起话来了！

她是要男子爱的，所以我能给她办这事。我是要女人爱的，故毋需去瞅睬那人，我在情谊的道上非常诚实，也没有变动，是人先离开的。谁离开，谁得循着自己心境的爱迹归来。我哪能长出千万翅膀飞入苍茫里去找她？再者，他们是醉于爱的人，故能一说再合。我又无爱可醉，犯不着去讨当头一棒的冷话。你想是不是？

给怀霄

不能投递之原因——此信遗在道旁，由陈斋夫拾回。

好几次写信给你都从火炉里捎去。我希望当你看见从我信笺上出来那几缕烟在空中飘扬的时候，我的意见也能同时印入你的网膜。

怀霄，我不愿意写信给你的缘故，因为你只当我是有情的人，不当我是有趣的人。我常对人说，你是可爱的，不过你游戏天地的心比什么都强，人还够不上爱你。朋友们都说我爱你，连你也是这样想，真是怪事！你想男女得先定其必能相爱，然后互相往来吗？好人甚多，怎能个个爱恋他？不过这样的成见不止你有，我很可以原谅你。我的朋友，在爱的田园中，当然免不了三风四雨。从来没有不变化的天气能教一切花果开得斑斓，结得磊砢的。你连种子还没下，就想得着果实，便是办不到的。我告诉你，真能下雨的云是一声也不响的。不掉点儿的密云，雷电反发射得弥满天地。所以人家的话，不一定就是事实，请你放心。

男子愿意做女人的好伴侣、好朋友，可不愿意当她们的奴才，供她们使令。他愿意帮助她们，可不喜欢奉承谄媚她们，男子就是男子，媚是女人的事。你若把“女王”“女神”的尊号暂时收在镜囊里，一定要得着许多能帮助你的朋友。我知道你的性地很冷酷，你不但不愿意得几位新的好友，或极疏淡的学问之交，连旧的你也要一个一个弃绝掉。嫁了的女朋友，和做了官的男相识，都是不念旧好的。与他们见面时，常竟如路人。你还未嫁，还未做官，不该施行那样的事情。我不是呵责你，也不是生气——就使你侮辱我到极点，我也不生气。我不过尽我的情劝告你罢了。说到劝告，也是不得已的。这封信也是在万不得已的境遇底下写的，写完了，我还是盼望你收不到。

给小峦

不能投递之原因——此人已入疯人院。

绿绮湖边的夜谈，是我们所不能忘掉的。但是，小峦，我要告诉你，迷生决不能和我一样，常常惦念着你，因为他的心多用在那恋爱的遗骸上头。你不是教我探究他的意思吗？我昨天一早到他那里去，在一件事情上，使我理会他还是一个爱的坟墓的守护者。若是你愿意听这段故事，我就可以告诉你。

我一进门时，他垂着头好像很悲伤的样子，便问："迷生，你又想什么来？"他叹了一声才说："她织给我的领带坏了！我身边再也没有她的遗物了！人丢了，她的东西也要陆续地跟着她走，真是难解！"我说："是的，太阳也有破坏的日子，何况一件小小东西，你不许它坏，成吗？"

"为什么不成。若是我不用它，就可以保全它，然而我怎能不用？我一用她给我留下的器用，就藉那些东西要和她交通，且要得着无量安慰。"他低垂的视线牵着手里的旧领带接着说，"唉，现在她的手泽都完了！"

小峦，你想他这样还能把你惦记在心里吗？你太轻于自信了。我不是使你失望，我很了解他，也了解你，你们固然是亲戚，但我要提醒除你疏淡的友谊外，不要多走一步。因为，凡最终的地方，都是在对岸那很高、很远、很暗，且不能用平常的舟车达到的。你和迷生的事，据我现在的观察，纵使蜘蛛的丝能够织成帆，蜣螂的甲能够装成船，也不能渡你过第一步要过的心意的海洋。你不要再发痴了，还是回向莲台，拜你那低头不语的偶像好。你常说我给麻醉剂你服，不错的！若是我给一毫一厘的兴奋剂你服，恐怕你要起不来了。

文艺副产品 / 老舍

自从去年秋天辞去了教职，就拿写稿子挣碗“粥”吃——“饭”是吃不上的。除了星期天和闹肚子的时候，天天总动动笔，多少不拘，反正得写点儿。于是，家庭里就充满了文艺空气，连小孩们都到时候懂得说：“爸爸写字吧。”文艺产品并没能大量地生产，因为只有我这么一架机器，可是出了几样副产品，说说倒也有趣：

（一）自由故事。须具体地说来：

早九点，我拿起笔来。烟吸过三支，笔还没落到纸上一回。小济（女，实岁数三岁半）过来检阅，见纸白如旧，就先笑一声，而后说：“爸，怎么没有字呢？”

“待一会儿就有，多多的字！”

“啊！爸，说个故事？”

我不语。

“爸快说呀，爸！”她推我的肘，表示我即使不说，反正肘部摇动也写不了字。

这时候，小乙（男，实岁数一岁半，说话时一字成句，简当而含蓄）来了，妈妈在后面跟着。

见生力军来到，小济的声势加旺：“快说呀！快说呀！”

我放下笔：“有那么一回呀——”小乙：“回！”

小济：“你别说，爸说！”

爸：“有那么一回呀，一只大白兔——”

小乙：“兔兔！”

小济：“别——”

小乙撇嘴。

妈：“得，得，得，不哭！兔兔！”

小乙：“兔兔！”泪在眼中一转，不知转到哪里去了。

爸：“对了，有两只大白兔——”

小乙：“泡泡！”

妈：“小济，快，找小盆去！”

爸：“等等，小乙，先别撒！”随小济做快步走，床下椅下，分头找小盆，至为紧张，且喊且走，“小盆在哪儿？”只在此屋中，云深不知处，无论如何，找不到小盆。

妈曳小乙疾走如风，入厕，风暴渐息。

归位，小济未忘前事："说呀！"爸："那什么，有三只大白兔——"等小乙答声，我好想主意。

小乙尿后，颇镇定，把手指放在口中。

妈："不含手指，臭！"

小乙置之不理。

小济："说那个小猪吃糕糕的，爸！"

小乙："糕糕，吃！"他以为是到了吃点心的时候呢。

妈："小猪吃糕糕，小乙不吃。"

爸说了小猪吃糕糕。说完，又拿起笔来。

小济："白兔呢？"

颇成问题！小猪吃糕糕与白兔如何联到一处呢？

门外："给点什么吃啵，太太！"

小济小乙齐声："太太！"

全家摆开队伍，由爸代表，给要饭的送去铜子儿一枚。

故事告一段落。

这种故事无头无尾，变化万端，白色不定几只，忽然转到小猪吃糕糕，若不是要饭的来解围，故事便当延续下去，谁也不晓得说到哪里去，故定名为“自由故事”。此种故事在有小孩子的家中非常方便好用，作者信口开河，随听者的启示与暗示而跌宕多姿。作者与听者打成一片，无隔膜抵触之处，其体裁既非童话，也非人话，乃一片行云流水，得天然之美，极当提倡。

故事里毫无教训，而充分运用着作者与听者的想象，故甚可贵。

（二）新蝌蚪文：

在以前没有小孩的时候，我写废了稿纸，便扔在纸篓里。自从小济会拿铅笔，此项废纸乃有出路，统统归她收藏。我越写不上来，她越闹哄得厉害：逼我说故事，劝我带她上街，要不然就吃一个苹果：“小济一半，爸一半！”我没有办法，只好把刚写上三五句不像话的纸送给她：“看这张大纸，多么白！去，找笔来，你也写字，好不好？”赶上她心顺，她就找来铅笔头儿，搬来小板凳，以椅为桌，开始写字。

她已三岁半，可是一个字不识。我不主张早教孩子们认字。我对于教养小孩，有个偏见——也许是“正”见：六岁以前，不教给她们任何东西；只劳累他们的身体，不劳累脑子。养得脸蛋儿红扑扑的，胳臂腿儿挺有劲，能蹦能闹，便是好孩子。过六岁，该受教育了，但仍不从严督促。他们有聪明，爱读书呢，好；没聪明而不爱读书呢，也好。反正有好身体才能活着，女的去做舞女，男的去拉洋车，大腿生活也就不错，不用着急。

这就可以想象到小济写的是什么字了：用铅笔一按，在格中按了个不小的黑点，突然往上或往下一拉，成个小蝌蚪。一个两个，一行两行，一次能写满半张纸。写完半张，她也照着爸的样子说："该歇歇了！"于是去找弟弟玩耍，忘了说故事与吃苹果等要求。我就安心写作一会儿。

（三）卡通演义：

因为有书，看惯了，所以孩子们也把书当作玩意儿。玩别的玩腻了，便念书玩。小乙的办法是把书挡住眼，口中嘟嘟嘟嘟；小济的办法是找图画念，口中唱着：一个小人儿，一个小鸟儿，又一个小人儿……

俩孩子最喜爱的一本是朋友给我寄来的一本英国卡通册子，通体都是画儿，所以俩孩子争着看。他们看小人儿，大人可受了罪，他们教我给"说"呀。篇篇是讽刺画儿，我怎么"说"呢？急中生智，我顺口答音，见机而作，就景生情，把小人儿全联到一处，成为完整而又变化很多的故事。

说完了，他们不记得，我也不记得；明天看，明天再编新词儿。英国的首相，在我们的故事里，叫作"大鼻子"；麦克唐纳是"大脑袋"，由小乙的建议呢，凡戴眼镜儿的都是"爸"——因为我戴眼镜儿。我们的故事总是很热闹：“大鼻子叼着烟袋锅，大脑袋张着嘴，没有烟袋，大鼻子不给他，大脑袋就生气，爸就来劝，得了，别生气……”

卡通演义比自由故事更有趣，因为照着图来说，总得设法就图造事，不能三只四只白兔的乱说。说的人既须费些思索，故事自然分外的动听，听者也就多加注意。现在，小乙不怕是把这本册子拿倒了，也能指出哪个是英国首相——“鼻”，歪打正着，这也许能帮助训练他们的观察能力；自然，没有这种好处，我们也都不在乎，反正我们的故事很热闹。

（四）改造杂志：

我们既能把卡通给孩子讲通了，那么，什么东西也不难改造了。我们每月固定的看《文学》《中流》《青年界》《宇宙风》《论语》《西风》《谈风》《方舟》；除了《方舟》是订阅的，其余全是赠阅的。此外，我们还到小书铺里去“翻”各种刊物，看着题目好，就买回来。无论是什么刊物吧，都是先由孩子们看画儿，然后大人们念字。字，有时候把大人憋住，怎念也不明白。画，完全没有困难。

普式庚的像，罗丹的雕刻，苏联的木刻……我们都能设法讲解明白了。无论什么严重的事，只要有图，一到我们家里便变成笑话。所以我们时常感到应向各刊物的编辑道歉，可是又不便于道歉，因为我们到底是看了，而且给它们另找出一种意义来呀。

（五）新年特刊：

这是我们家中自造的刊物：用铜钉按在墙上，便是壁画；不往墙上钉呢，便是活页的杂志。用不着花印刷费，也不必征求稿件，只需全家把“画来——卖画”的卖年画的包围住，花上两三毛钱，便能五光十色地得到一大堆图画。小乙自己是胖小子，所以也爱胖小子，于是胖小子抱鱼——“富贵有余”——胖小子上树——摇钱树——便算是由他主编，自成一组。小济是主编故事组：“小叭儿狗会擀面”“小小子坐门墩”“探亲相骂”……都由她收藏管理，或贴在她的床前。戏出儿和渔家乐什么的算作爸与妈的，妈担任说明画上的事情，爸担任照着戏出儿整本的唱戏，文武混乱，生末净旦丑，一概不挡，烦唱哪出就唱哪出。这一批年画儿能教全家有的说，有的看，有的唱，热闹好几个月。地上也是，墙上也是，都彩色鲜明，百读不厌。我们这个特刊是文艺、图画、戏剧、歌唱的综合，是国货艺术与民间艺术的拥护，是大人与小孩的共同恩物。看完这个特刊，再看别的杂志，我们觉得还是我们自家的东西应属第一。好啦，就说到此处为止吧。

荆棘之路 / 田汉

她的心常做些可爱的事，
充满我枯槁的心胸以纯朴的花儿；
在我岑寂的心弦上弹着和谐的调子，
使我在不欢愉的时候得着欢愉。

——From John Masefield’s
“Her Heart”[①]

一　她眼中所见的最后的信

十四年十二月二十日（阴历）的事，这是我再也忘不了的。

① 引自约翰·梅斯菲尔德（1878—1967，英国诗人）的《她的心》。——编者

我听得漱瑜危笃的信，由省城急速回乡。这天真如同伴者皮达三君所言，是“轻风细雨天”，天虽示了我许多不祥的前兆，但昧于命运的我，并不觉得。他只觉得所谓“危笃”，不过是他所爱的人催他急速回到她的床榻前的有效的符咒，这种心里的不安像风过后的湖波马上便要平静的。他始终怀着和她快会面的爱人在花前月下清谈、山颠水涯携手的希望，尤其是希望他的爱人因这次大病之后一变前此保守退婴的态度，下勇猛的决心，继她那贡献了碧血丹心于其乡国的父亲梅园先生之后，和他向人生的战场进攻。他相信这是有把握的。因为她的态度实在已经大变了。第一她从前是非常朴素的，布衣布裙与罗绮满身者立不以为耻，现在她忽然要穿穿美丽的衣裳了。她说她的少女时代不曾花过一下，不曾穿过一件红的衣裳，太可惜了。她于黄衍仁兄与罗曼女士结婚的席上居然赶成了一件水红的袄子穿了。那天她很高兴，她侥幸她身上虽然瘦得不堪，而脸上还不十分瘦，她细意地化妆，在她那爱戴的黑绒帽子边上，还安上了一朵鲜花。倘若不是因为她的脚上无力，走起路来非常吃苦，谁不以为这朵病蔷薇（sick rose）重向春风颤抖，涅槃后的凤凰（phoenix）又从死灰中复活呢？不过这终是我们的希望吧，蔷薇终于要谢了，凤凰终于要成灰土了。那回之后，我们永不看见我那粉妆玉琢的漱瑜了。

我同皮达三兄走到离我故乡不远的崩瞰了。雪后的村市，屋角林间残留着许多白块。因为细雨不止，没有铺着花岗石的路上都被往来的货车轹成一条条的辙痕。绕着这村市的是一湾就干的河水，一排倒垂的枯柳下停泊着几只鸬鹚船，鸬鹚都闲在船篷上，因为水太浅了，轻易找不着它们的牺牲了。他在村头眺望了一会，回到达三所坐的茶店里来。这茶店，一家杂货店的贴邻，那杂货店便是邮政代办处所，他们窗上排列着许多无法投递、或盼人亲自来取的信件。我们的信件是照例由枫林港邮局代转的。此处本不必有他的信。他不过好奇地在那里看看。只见许多白封子上面印着或粘着红条，收信人无非是张大公、李九老爷、粟抚生、何有信、胡二娘、齐三太太之类，但他忽然发现了一封和他有关的信：

长沙东乡枫林港邮局转歌棣塘易崇德堂

易 漱 瑜 女 士 收 启

湖南省立第一女子师范黄寄

他想起了，当他同漱瑜回湘住在黄衍仁兄家里请他的令尊看病的时候，曾有一个比漱瑜还年轻的女学生来看她的病。据漱瑜说，她是她吉林幼稚园时代的老同学，那时漱瑜刚六岁，她的同学只得三岁，但他们之相亲相爱就同嫡亲姊妹或多年好友一样，一刻子也不能分离。但人生多故，她后来不能不随父南归，她的同学不能不随祖母到青岛。她的同学十岁由青岛归长沙，在乡里的自己家里读了两年书，听说漱瑜在省城里朱剑凡君办的周南女校读书，便由乡赴省，也加入这个学校，这时漱瑜已是高小三年级了。她的好友虽不和她同级，却和她同在一个自修室里读书，同在一个床睡觉。早晨起来，漱瑜替她梳辫子，她上课后，漱瑜把她从教室里接出来。这是她们第二次的战友重逢了。漱瑜在周南中学一年级的时候，我刚从日本回，接漱瑜赴日，漱瑜由校中动身的时候对她的朋友说：

“我的祖父病重，我不能不回去招扶，反正等一两个礼拜又要回来的，你别记挂我，好好地读书，一切的事都拜托三姐了。你晚上可以同她睡吧。”

三姐是她们称朱剑凡校长的令侄的。这是漱瑜和她的朋友数载的交游中第一次撒的谎。她的朋友课也不上，泪盈盈地把她送到学校的大门外，反复嘱咐漱瑜：“别多在乡里耽搁，快些回校。”但她不久发现漱瑜的小小的不诚实了。因为第四天早晨，她便接了漱瑜从武昌寄来的邮片，报告她要同我上东京了。

在衍仁家的看病是她们俩第三次的重逢。她来看过漱瑜两三次。漱瑜说她头冷，她曾替她打过一顶帽子。漱瑜由衍仁家动身下乡，她曾到桥边送她。她听衍仁的父亲说漱瑜的病甚为危险，她曾哭过一个月。现在这封信便是她写的了。漱瑜的短的一生，更兼落落寡合的性格，她的好朋友不能算多，及重病归乡，真能看护她、帮助她、挂念她的，只有这黄女士。我赶忙把这封信取下来揣了，依然同达三赶路，因为时候已经不早了，打车子的人有些已经预备落店，过渡的人也渐渐稀少，太阳渐渐要"飞蛾贴壁"的那一带山，山边的人家有的已冉冉冒出炊烟了。过了枫林港，又是一座山，形势环回伟丽，我不觉停步，黯然低首了半晌。达三似乎知道了我的意思。他说：

"梅臣先生便葬在这个山里吗？"

我点点头，他也潸然泪下，因为梅舅生前曾以"浑金璞玉"许达三，吾舅遇难后，达三困顿无聊，于兹三载，一日遇吾舅之坟，不能无知己之感。我们感叹了一回，匆匆上路走过那山腰，回首一望，还望见吾舅坟头的一株松树巍巍然矗立于夕阳之中，就像华表一样。我心里默祷道：

"三舅啊！您的爱女病得好苦，您老人家要保佑她快好啊！"

但我的默祷不为三舅所听取，当我们到了我外祖家，我一入漱瑜的病室，挑灯掀帐，看见我那病骨支离的可怜的病人时，我早已知道她快要不为我所有的，快要到她的父亲膝下承欢去了。

“你回来得好。你可以送我的终。我能够今晚死便是幸福。”

“哪有的事，你别这样忧虑。好好地静养吧。你看密司黄还有信来问你的病，并且替我们辞年呢。”

我拆开黄女士的信，一封信，一张花邮片，送到她的眼前，她模糊地看了一下，点点头，好像回忆着什么似的，但是什么也没有说。这封信，是漱瑜所看见的最后一封信，因为六点钟后，她便靠在我的手上与她的一切亲爱的人长辞了。这时候的情状，我不愿意回想。下面这首诗——悼亡十首之一——是个简括的实写：

两闻危笃殊难信，细雨寒风奔到门；
掀帐挑灯看瘦骨，含悲忍泪嘱遗言。
生平一点心头热，死后犹存体上温；
应是泪珠还我尽，可怜枯眼尚留痕。

回声 / 李广田

不怕老祖父的竹戒尺，也还是最喜欢跟着母亲到外祖父家去，这原因是为了去听琴。

外祖父是一个花白胡须的老头子，在他的书房里也有一张横琴，然而我并不喜欢这个。外祖父常像瞌睡似的俯在他那横琴上，慢慢地拨弄那些琴弦，发出如苍蝇的营营声，苍蝇，多么腻人的东西。毫无精神，叫我听了只是心烦，那简直就如同老祖父硬逼我念古书一般。我与其听这营营声，还不如到外边的篱笆上听一片枯叶的歌子更好些。那是在无意中被我发现的。一日，我从篱下走过，一种奇怪的声音招呼我，那仿佛是一只蚂蚱的振翅声，又好像一只小鸟的剥啄。然而这是冬天，没有蚂蚱，也不见啄木鸟。虽然在想象中我已经看见驾着绿鞍的小虫，和穿着红裙的没尾巴的小鸟。那声音又似在故意逗我，一会唱唱，一会又歇歇。我费了不少时间终于寻到那个发声的机关：是篱笆上一片枯叶，在风中战抖，与枯枝摩擦而发出好听的声响，我喜欢极了，我很想告诉外祖："放下你的，来听我的吧。"但因为要偷偷藏住这点快乐，终于也不曾告诉别人。

然而我最喜欢的还不在此。我还是喜欢听琴——听那张长大无比的琴。

那时候我当然还没有一点地理知识。但又不知是从什么人听说过：黄河是从西天边一座深山中流来，黄荡荡如来自天上，一直泻入东边的大海，而中间呢，中间就恰好从外祖家的屋后流过。这是天地间一大奇迹，这奇迹，常常使我用心思索。黄河有多长，河堤也有多长，而外祖家的房舍就紧靠着堤身。这一带居民均占有这种便宜，不但在官地上建造房屋，而且以河堤作为后墙，故从前面看去，俨然如一排土楼，从后面看去，则只能看见一排茅檐。堤前堤后，均有极整齐的官柳，冬夏四季，都非常好看。而这道河堤，这道从西天边伸到东天边的河堤，便是我最喜欢的一张长琴：堤身即琴身。堤上的电杆木就是琴柱，电杆木上的电线就是琴弦了。

最乐意到外祖家去，而且乐意到外祖家夜宿，就是为了听这张长琴的演奏。

只要有风的日子，就可以听到这长琴的嗡嗡声。那声音颇难比拟，人们说那像老头子哼哼，我心里却甚难佩服。尤其当深夜时候，尤其是在冬天的夜里，睡在外祖母的床上，听着墙外的琴声简直不能入睡。冬夜的黑暗是容易使人想到许多神怪事物的，而在一个小孩子的心里却更容易遐想，这嗡嗡的琴声就做了我遐想的序曲。我从那黄河发源地的深山，缘着琴弦，想到那黄河所倾注的大海。我猜想那山是青的，山里有奇花异草，有珍禽怪兽；我猜想那海水是绿色的，海上满是小小白帆，水中满是翠藻银鳞。而我自己想，仿佛觉得自己很轻，很轻，我就像着那条琴弦飞行。我看见那条琴弦在月光中发着银光，我可以看到它的两端，却又觉得那琴弦长到无限。我渐渐有些晕眩，在晕眩中我用一个小小的铁锤敲打那琴弦，于是那琴弦就发出嗡嗡的声响。这嗡嗡的琴声就直接传到我的耳里，我仿佛飞行了很远很远，最后才了觉自己仍是躺温暖的被里。我的想象又很自然地转到外祖父身上，我又想起外祖父的横琴，想起那横琴的腻人的营营声。这声音和河堤的长琴混合起来，我乃觉得非常麻烦，仿佛眼前有无数条乱丝搅动在一起，我的思念愈思愈乱，我看见外祖父也变了原来的样子，他变成一个雪白须眉的老人，连衣服也是白的，为月光所洗，浑身上下颤动着银色的波纹。这已不复是外祖，乃是一个神仙，一个妖怪，他每天夜里在河堤上敲打琴弦。我竭力想把那老人的影像同外祖父分开，然而不可能，他们老是纠缠在一起。我感到恐怖。我的恐怖却又诱惑我到月夜中去，假如趁这时候一个人跑到月夜的河堤上该是怎样呢。恐怖是美丽的，然而到底还是恐怖。最后连我自己也分裂为二。我的灵魂在月光的河堤上伫立，感到寒战，而我的身子却越发地向被下畏缩，直到蒙头裹脑睡去为止。

在这样的夜里，我会做出许多怪梦，可惜这些梦也同过去的许多事实一样，都被我忘在模糊中了。

来到外祖家，我总爱一个人跑到河堤上，尤其每次刚刚来到的次日早晨，不管天气多么冷，也不管河堤上的北风多么凛冽。我总愿偷偷地跑到堤上，紧紧抱住电杆木，用力踢那电杆木，使那嗡嗡声发出一种节奏，心里觉得特别喜欢。

然而北风的寒冷总是难挡的，我的手，我的脚，我的耳朵，起初是疼痛，最后是麻木，回到家里才知道已经成了冻疮，尤以脚趾肿痛得最厉害。因此，我有一整个冬季不能到外祖家去，而且也不能出门，闷在家里，我真是寂寞极了。

“为了不能到外祖家去听琴，便这样忧愁的吗？”老祖母见我郁郁不快的神色，这样子慰问我。不经慰问倒还无事，这最知心的慰问才唤起我的悲哀。

祖母的慈心总是值得感激的，时至现在，则可以说是值得纪念的了，因为她已完结了她最平凡的，也可以说是最悲剧的一生，升到天国去了。在当时，她曾以种种方法使我快乐，虽然她所用的方法不一定能使我快乐。

她给我说故事，给我唱谣曲，给我说黄河水灾的可怕，说老祖宗兜土为山的传说，并用竹枝草叶为我做种种玩具。亏她想得出：她又把一个小瓶悬在风中叫我听琴。

那是怎样的一个小瓶啊，那个小瓶可还存在吗，提起来倒是非常怀念了。那瓶的大小如苹果，浑圆如苹果，只是多出一个很小很厚的瓶嘴儿。颜色是纯白，材料很粗糙，并没有什么光亮的瓷釉。那种质朴老实样子，叫人疑心它是一件古物，而那东西也确实在我家传递了许多世代。老祖母从一个旧壁橱中找出这小瓶时，小心地拂拭着瓶上的尘土，以严肃的微笑告诉道："别看这小瓶不好，这却是祖上的传家宝呢。我们的老祖宗——可是也不记得是哪一位了，但愿他在天上做神仙——他是一个好心肠的医生，他用他的通神的医道救活了许多垂危的人。他曾用许多小瓶珍藏一些灵药，而这个小白瓶就是被传留下来的一个。"一边说着，一边又显出非常惋惜的神气。我听了老祖母的话也默然无活，因为我也同样地觉得很惋惜。我想象当年一定有无数这样大小瓶，同样大，同样圆，同样是白色，同样是好看，可是现在就只剩着这么一个了。那些可爱的小瓶都分散到哪里去了呢？而且还有那些灵药，还有老祖宗的好医术呢？我简直觉得可哀了。

那时候者祖母有多大年纪，也不甚清楚，但总是五十多岁的人吧。虽然头发已经苍白，身体却还相当的健康，她不烦劳地为我做着种种事情。

把小白瓶拂拭洁净之后，她乃笑着对我说道：“你看，你看，这样吹，这样吹。”同时说着把瓶口对准自己的嘴唇把小瓶吹出呜呜的鸣声。我喜欢极了，当然她是更喜欢。她叫我学吹，我居然也吹得响。于是她又说：“这还不算为奇，我要把它系在高杆上。北风一吹，它也会呜呜地响。这就是你在河堤上听琴是一样的了。”

她继续忙着。她向几个针线筐里乱翻，她是要找寻一条结实的麻线。她把麻线系住瓶口，又自己搬一把高大的椅子，放在一根晒衣服的高杆下面。唉，这些事情我记得多么清楚啊！她在椅子上摇摇晃晃的样子，现在叫我想起才觉得心惊。而且那又是在冷风之中，她摇摇晃晃地立在椅子上，伸直了身子，举起了双手，把小白瓶向那晒衣杆上系紧。她把那麻绳缠一匝，又一匝，结一个疙瘩，又一个疙瘩，唯恐那小瓶被风吹落，摔碎了祖宗的宝贝。她笑着，我也笑着，却不曾言语。我们只等把小瓶系牢之后立刻就听它发出呜呜响声。老祖母把一条长麻线完全结在上边了，她摇摇晃晃地从椅子上下来。我看出她的疲乏，我听出她的喘哮来了。然而，然而那个小瓶，在风中却没有一点声息。

我同老祖母都仰着脸望那风中的瓶儿，两人心中均觉得黯然，然而老祖母却还在安慰我：“好孩子，不必发愁，今天风太小，几时刮大风，一定可以听到呜呜响了。”

以后过了许多日子，还刮了好多次老北风，然而那小白瓶还是一点不动，不发出一点声息。

现在我每逢走过电杆木，听到电杆木发出嗡嗡声时，就很自然地想起这些。现在外祖家已经衰落不堪，只剩下孤儿寡妇，一个舅母和一个表弟，在赤贫中过着困苦日子，我的老祖父和祖母都去世多年了。

第三章

不要把梦想放到遥远的未来，现在才是最好的状态

凡是要等到有了图书馆方才读书的，
有了图书馆也不肯读书；
凡是要等到有了实验室方才做研究的，
有了实验室也不肯做研究。
青年朋友们年富力强，更应该要打破和消灭懒病，
少年是一去不复返的，只为吃饭而不求学问，
等到精力衰时，再想做点学问，恐怕已太晚了。

有书赶快读 / 邓拓

我有许多书，没有好好读；有的刚读完还记得清楚，过些日子又忘了；偶然要用，还要临时翻阅，自己常常觉得可笑。

这种情形别人不了解，总以为我有什么读书的秘诀，不肯告人。其实我的确什么秘诀也没有。把真相坦白地告诉读者，还有一些人仍然不相信。几个学校的青年同学来信约我去讲读书的经验，我很惭愧不能答应他们的请求。昨天到书店门市部走走，遇见几位同学，不客气地拉住我，说要“聊一聊”。我们终于就目前读书的问题聊了一阵子。

看来他们都在找书读，而以找不到自己需要的书籍为苦。我们的话题就从这里展开了。

有书的人不一定读书，没有书的人却到处找书读，这是多么不合理的现象！然而，这又是很自然的现象。因为没有书的人如果不向别人借书，不到图书馆借书，也不来书店门市部看书，那就简直毫无办法；而有书的人，总觉得书已经属于自己所有，随时都可以读，满不在乎，反倒不急于读书或者不想读书了。这种现象不是人人都能遇见的吗？

大家也许还记得，以前报纸介绍过宋代苏东坡写的《李氏山房藏书记》和清代袁枚写的《黄生借书说》这两篇文章吧。我们要学习古代读书人的勤奋精神，千万不要藏着一大堆书而不加以利用。

我想在这里向大家介绍另一个故事。明代有一部笔记，名为《泽山杂记》，不知作者是谁。这部笔记中叙述了明代洪武年间的一位御史大夫景清的事迹。景清与方孝孺齐名，为反对永乐政变而同时殉难的明代杰出人物。他在青年时代，勤奋读书，过目不忘，为同辈之冠。据载：

“景清倜傥尚大节，领乡荐，游国学。时同舍生有秘书，清求而不与。固请，约明旦即还书。生旦往索。曰：吾不知何书，亦未假书于汝。生忿，讼于祭酒。清即持所假书，往见，曰：此清灯窗所业书。即诵辄卷。祭酒问生，生不能诵一词。祭酒叱生退。清出，即以书还生，曰：吾以子珍秘太甚，特此相戏耳。”

像景清这样勤学强记的人，实在难得。但是正因为他自己没有秘本，而如饥如渴地想读同舍朋友的秘本，所以他特别努力，只用一夜的工夫，就能背诵全书。反之，他的同舍朋友虽然藏有秘本，却没有读它，所以经不起考问。显然，景清的目的是要警告他的朋友，要朋友注意利用书籍，不要死死地藏书不用，而不是想要强占他朋友的秘本。

从这个故事中，我们得到什么体会呢？我以为，最重要的体会是：有书就要赶快读，不论是自己的书，或是借别人的书。即便有些书籍本头太大，内容很多，无法全读，起码也应该扼要地翻阅一遍，知道它的内容，以免将来要用，临时“抓瞎”。

清代的一位著名学者包世臣，留下一些名言，对我们理解这个问题也很有启发。他曾经写过许多对联，一直流传至今。其中有一副对联，我忘了他写的上联，只记得下联是“补读平生未见书”。这一句给我的印象特别深。还有一副对联，我也只记得下联，他写道“闭户遍读家藏书”。这一句同样使我受到很大的鼓励。后面这一句似乎不是包世臣自己的，而是宋代陆放翁的诗句。

古人每到书多的时候，往往也有了相当的地位，正如袁枚说过：“通籍后，俸去书来，落落大满，素蟫灰丝，时蒙卷轴。”这不能不引起认真的读书人的警惕，他们时常写下许多座右铭、对联之类以鞭策自己，生怕一天到晚忙忙碌碌，什么书也没有读。以古喻今，那么，我们现在就更要趁着年轻的时候，抓紧机会，赶快读书。

有的青年同学认为，景清能够读到秘本，真“带劲”，我们可惜没有什么秘本可读，这怎么办呢？其实，古人所谓秘本，内容并不稀奇，我们现在的图书馆拥有成千成万的历代秘笈珍本，如果你需要，就可以借来阅读。何况古人所谓秘本，有许多现在都已经大量翻印了，很容易买到手，又有什么稀奇呢？更重要的是，我们这个时代最伟大的革命经典著作，人人都可以读到，这个条件实在太好了，古人又怎么能够比得了我们呢？

最后，我奉劝青年朋友们，你们手上哪怕只有几本政治理论和科学研究的书籍，也要赶快先把它们读得烂熟。因为它们所包括的知识内容，是非常丰富的。这些是最重要的基础知识。只有让自己的基础打好了，将来读其他参考书才能够做到多多益善。如果现在丢开这些基本的书籍不认真苦读，一心想找秘本，只恐望梅止渴，无济于事。一句话，我认为你们现在手上已经有书，希望你们赶快读吧。

铸材成器之方 / 胡适

诸位毕业同学，你们现在要离开母校了，我没有什么礼物送给你们，只好送你们一句话吧。

这一句话是："不要抛弃学问。"以前的功课也许有一大部分是为了这张毕业文凭，不得已而做的，从今以后，你们可以依自己的心愿去自由研究了。趁现在年富力强的时候，努力做一种专门学问。少年是一去不复返的，等到精力衰时，要做学问也来不及了。即为吃饭计，学问决不会辜负人的。吃饭而不求学问，三年五年之后，你们都要被后来少年淘汰掉的。到那时再想做点学问来补救，恐怕已太晚了。

有人说："出去做事之后，生活问题急需解决，哪有工夫去读书？即使要做学问，既没有图书馆，又没有实验室，哪能做学问？"

我要对你们说：凡是要等到有了图书馆方才读书的，有了图书馆也不肯读书。凡是要等到有了实验室方才做研究的，有了实验室也不肯做研究。你有了决心要研究一个问题，自然会撙衣节食去买书，自然会想出法子来设置仪器。

至于时间，更不成问题。达尔文一生多病，不能多做工，每天只能做一点钟的工作。你们看他的成绩：每天花一点钟看十页有用的书，每年可看三千六百多页书；三十年可读十一万页书。

诸位，十一万页书可以使你成一个学者了。可是，每天看三种小报也得费你一点钟的工夫；四圈麻将也得费你一点半钟的光阴。看小报呢？还是打麻将呢？还是努力做一个学者呢？全靠你们自己的选择！

易卜生说："你的最大责任是把你这块材料铸造成器。"

学问便是铸器的工具。抛弃了学问便是毁了你们自己。

再会了！你们的母校眼睁睁地要看你们十年之后成什么器。

一九三四年计划 / 老舍

没有职业的时候，当然谈不到什么计划——找到事再说。找到了事做，生活较比的稳定了，野心与奢望又自减缩——混着吧，走到哪儿是哪儿；于是又忘了计划。过去的几年总是这样，自己也闹不清是怎么过来的。至于写小说，那更提不到计划。有朋友来信说“作”，我就作；信来得太多了呢，便把后到的辞退，说上几声“请原谅”。有时候自己想写一篇，可是一搁便许搁到永远。一边做事，一边写作，简直不是回事儿！

一九三四年了，恐怕又是马虎的过去。不过，我有个心愿：希望能在暑后不再教书，而专心写文章，这个不是容易实现的。自己的负担太重，而写文章的收入又太薄；我是不能不管老母的，虽然知道创作的要紧。假如这能实现，我愿意暑后到南方去住些日子；

杭州就不错，那里也有朋友。

不论怎样吧，这是后半年的话。前半年呢，大概还是一边教书，一边写点东西。现在已经欠下了好几个刊物的债，都该在新年后还上，每月至少须写一短篇。至于长篇，那要看暑假后还教书与否；如能辞退教职，自然可以从容地乱写了。不能呢，长篇即没希望。我从前写的那几本小说都成于暑假与年假中，因除此再找不出较长的时间来。这么一来，可就终年苦干，一天不歇。明年暑假决不再这么干，我的身体实在不能说是很强壮。春假想去跑泰山，暑假要到非避暑的地方去避暑——真正避暑的地方不是为我预备的。我只求有个地点休息一下，暑一点也没关系。能一个月不拿笔，就是死上一回也甘心！

提到身体，我在四月里忽患背痛，痛得翻不了身，许多日子也不能“鲤鱼打挺”。缺乏运动啊。篮球足球，我干不了，除非有意结束这一辈子。于是想起了练拳。原先我就会不少刀枪剑戟——自然只是摆样子，并不能去厮杀一阵。从五月十四开始又练拳，虽不免近似义和团，可是真能运动运动。因为打拳，所以起得很早；起得早，就要睡得早；这半年来，精神确是不坏，现在已能一气练下四五趟拳来。这个，我要继续下去，一定！

自从我练习拳术，舍猫小球也胖了许多，因我一跳，她就扑我的腿，以为我是和她玩耍呢。她已一岁多了，尚未生小猫。扑我的腿，和有时候高声咪喵，或系性欲的压迫，我在来年必须为她定婚，这也在计划之中。

至于钱财，我向无计划。钱到手不知怎么就全另找了去处。来年呢，打算要小心一些。书，当然是要买的。饭，也不能不吃。要是俭省，得由零花上设法。袋中至多只带一块钱是个好办法；不然，手一痒则钞票全飞。就这样吧，袋中只带一元，想进铺子而不敢，则得之矣。

这像个计划与否，我自己不知道。不过，无论怎样，我是有志向善，想把生活“计划化”了。“计划化”惯了，生命就能变成个计划。将来不幸一命身亡，会有人给立一小块石碑，题曰“舒计划葬于此”。新年不宜说丧气话，那么，取消这条。

打破浪漫病 / 胡适

刚才主席说“材料不很重要，重要的在方法”，这话是很对的。有方法与无方法，自然不同。比如说，电灯坏了若有方法就可以把它修理好。材料一样的，然而方法异样的，所得结果便完全不同了。我今天要说的，就是材料很重要，方法不甚重要。用同等的方法，用在两种异样的材料上，所得结果便完全不同了。所以说材料是很要紧的。中国自西历一六零零至一九零零年当中，可谓是中国“科学时期”，亦可说是科学的治学时代。如清朝的戴东原先生在音韵学、校勘学上，都有严整的方法。西洋人不能不承认这三百年是中国“科学时代”。我们自然科学虽没有怎样高明，但方法很好，这是我们可以自己得意的。闽人陈第曾著《毛诗古音考》《唐宋古音考》等书。他的方法是很精密的，是顾炎武的老祖宗。顾亭林、阎百诗等学者都开中国学术新纪元，他们是用科学方法探究学问的，顾氏是以科学方法研究音韵学，他的方法是用本证与旁证。比如研究《诗经》，从《诗经》本身来举证，是谓本证；若是从《诗经》的外面举证便谓旁证了。阎氏的科学方法是研究古文的真伪、文章的来源。

一六零九年的哥白尼听说在波兰国的北部一个眼镜店做小伙计，一天偶然叠上几片玻璃而发现在远方的东西，哥白尼以为望远镜是可以做到的。他利用这仪器，他对于天文学上就有很大的发现。像哈代维（Hudvey）、牛顿（Newton），还有显微镜发明者像黎汶豪（Leeuwenhoek ），他们都有很大的发明。当哥白尼及诸大学者存在的时候，正是中国的顾炎武、阎百诗出世的时期。在这五六十年当中，东西文化、东西学说的歧异就在这里。他们所谓方法就是“假说”与“求证”，牛顿就是大胆去假定，然后一步一步去证明。这是和我们不同的地方。我们的方法是科学的，然而材料是书本文字。我们的校勘学是校勘古书古字的正确的方法，如翻考《尔雅》，诸子百家；考据学是考据古文的真伪。这一大堆东西可以代表清朝三百年的成绩。黎汶豪是以凿钻等做研究的工具；牛顿是以木、石、自然资料来研究天文学，像现在已经把太阳系都弄清楚了。前几天报上宣传英国天文台要与火星通讯，像这样的造就实在可怕的。十八、十九世纪时候，西方学者才开始研究校勘学，瑞典的加礼文他专攻校勘学，曾经编成《中国文字分析字典》，像他这个洋鬼子不过研究四五年，而竟达到中国有三百年历史的校勘学成绩。加礼文说道："你们只在文字方面做工夫，不肯到汉口、广东、高丽、日本等地方实际考查文字的土音以为证明；要找出各种的读法应当要到北京、宁波等地去。"这可证明探求学问方法完全是经验的，要实地调查的。顾亭林费许多时间而所得到的很少，而结果走错了路。

刚才杨教务长问我怎样医治"浪漫病"？我回答他说：浪漫的病症在哪里？我以为浪漫病或者就是"懒病"。你们都是青年的，都还不到壮年时期，而我们已是"老狗教不成新把戏"了。现在我们无论走那条路，都是要研究微积分、生物学、天文学、物理学。我们要多做些实验工夫，要跟着西洋人走进实验室去。至于考据方面就要让我们老朽昏庸的人去做。黎汶豪的显微镜实在比妖怪还厉害，这是用无穷时间与时时刻刻找真理所得的结果。十九世纪时候，法国化学师柏土多（Pasteur）在显微镜下面发现很可怕的微生物。他并且感受疯狗的厉害，便研究疯狗起来。后来从狗嘴的涎沫里及脑髓中去探究，方知道是细菌在作祟，神经系中有毒。他把狗骨髓取出风干经过十三四天之久，就把它制成注射药水，可以治好给疯狗咬着的人。

但是当时没有胆量就注射在人身上，只先在别的动物身上试验看看。在那时候很凑巧一位老太婆的儿子给狗咬伤，去请医生以活马当作死马医治，果然给他治好了。还有一位俄人，他给狼咬着他，就发明打针方法。法国酒的病，蚕的病亦给显微镜找出来了；欧洲羊的病，德国库舒（Koch）应用药水力量把羊医好。像蚕病、醋病与酒病治好后，实在每年给法国省下来几千万的法郎。普法战争后法国赔款有五十万万之巨额。然而英国哈维（Harvey）尝说：柏士多以一支玻璃管和一具显微镜，已把法国赔款都付清了。懒的人实在没有懂得学问的兴趣。学问本来是干燥东西，而正确方法是建筑在正确材料上的，像西方的牛顿那样的正确。我们中国要研究有结果，最要紧的是要到自然界去，找自然材料。做文学的更要到民间去，到家庭里去找活材料。我是喜欢谈谈：大家都是年富力强，应该要打破和消灭懒病。还要连带说一说。“六零六”药水，是德国医生Erlich发明的，用以杀杨梅疮的微菌，这位先生他用化学方法，经过八年六百零六次的试验研究而成功的。我们研究学问，要有材料和方法，要不懒，要坚韧不拔的努力，那么，“浪漫病”就可以打破了。

三年写作自述 / 老舍

自离开济南到今天——一九四〇年十一月十四日——已是整整三年。这三载的光阴，有三分之一是花费在旅行上——单说到西北去慰劳抗战将士，就用去了六个月。其余的三分之二，大概的算来，一半是用在给文协服务，一半是用在写作；换言之，流亡二载中，花费在写做上的时间并不很多，只有一个整年的光景。

在战前，当我一面教书一面写作的时候，每年必利用暑假年假写出十几万字；当我辞去教职而专心创作的时候，我一年（只有一年是这样的做职业的写家）可以写三十万字。在抗战三年里，一共才写了三十多万字，较之往年，在量上实在退步了不少；但是，拿这三年当作一年看，像前段所说明的，就不算怎么太寒酸了。

这三十多万字的支配是：小说：短篇四篇，约两万多字。长篇一篇（未写完）三四万字。

通俗文艺：见于《三四一》者六万字，未收入者还至少有万字。

话剧：《残雾》六万字，《张自忠》五万字，《国家至上》三万字（后半是宋之的写的）。

诗歌：《剑北篇》已得四万余字，其他短诗军歌尚有万字。

杂文：因非所长，随写随弃，向不成集，大概也有好几万字了。

由上表可以看出来，在量上，虽然没有什么可夸口的，可是在质方面上却增多了不少。在战前，我只写小说与杂文，即使偶尔写几句诗，也不过是笔墨的游戏而已。神圣的抗战是以力伸义，它要求每个人都能十八般武艺件件精通，全德全力全能的去抵抗暴敌，以彰正义。顺着这个要求，我大胆去试验文艺的各种体裁，也许是白耗了心血而一无所成，可是不断地学习总该多少有些益处。战争的暴风把拿枪的，正如同拿刀的，一齐吹送到战场上去；我也希望把我不像诗的诗，不像戏剧的戏剧，如拿着两个鸡蛋而与献粮万石者同去输将，献给抗战；礼物虽轻，心倒是火热的。这样，于小说杂文之外，我还练习了鼓词、旧剧、民歌、话剧、新诗。学习是一种辛苦，可也带来不少愉快。我决不后悔试写过鼓词，也不后悔练习过话剧，成绩的好坏姑且不提，反正既要写，就须下一番功夫，下功夫的最好的报酬便是那一点苦尽甜来的滋味。

为试写别的，便放下了小说，所以小说写得很少，可是，理由并不这么简单。在太平年月，我听到一个故事，我想起一点什么有意思的意思，我都可以简单地、目不旁视地把它写成一篇小说；长点也好，短点也好，我准知道只要不太粗劣，就能发表。换言之，在太平年月可以“莫谈国事”，不论什么一点点细微的感情与趣味，都能引起读者的欣赏，及至到了战时，即使批评者高抬贵手，一声不响；即使有些个读者还需要那细微的情感与趣味，作为一种无害的消遣，可是作者这颗心不能再像以前那样安坦闲适了。炮火和血肉使他愤怒，使他要挺起脊骨，喊出更重大的粗壮的声音，他必须写战争。但是，他的经验不够，经验不是一眨眼就能得来的。蜗牛负不起战马的责任来，噢，我只好放下笔！当“七七”事变的时候，我正写着两个长篇，都已有了三四万字。宛平城上的炮响了，我把这几万字全扔进了废纸筐中。我要另起炉灶了，可是我没有新的砖灰及其他的材料！

在抗战前，我已写过八部长篇和几十个短篇。虽然我在天津、济南、青岛和南洋都住过相当的时期，可是这一百几十万字中十之七八是描写北平。我生在北平，那里的人、事、风景、味道，和卖酸梅汤、杏儿茶的吆喝的声音，我全熟悉。一闭眼我的北平就完整的，像一张彩色鲜明的图画浮立在我的心中。我敢放胆的描画它。它是条清溪，我每一探手，就摸上条活泼泼的鱼儿来。济南和青岛也都与我有三四年的友谊，可是我始终不敢替它们说话，因为怕对不起它们。流亡了，我到武昌、汉口、宜昌、重庆、成都，各处“打游击”。我敢动手描写汉口码头上的挑夫，或重庆山城里的抬轿的吗？绝不敢！小孩子乍到了生地方还知道暂缓淘气，何况我这四十多岁的老孩子呢！

抗战不是桩简单的事，政治、经济、生产、军事……都一脉相通，相结如环。我知道什么呢？有三条路摆在我的眼前：第一条是不管抗战，我还写我的那一套。从生意经上看，这是个不错的办法，因为我准知道有不少的人是喜读与抗战无关的作品的。可是，我不肯走这条路。文艺不能，绝对不能，装聋卖傻！设若我教文艺装聋卖傻，文艺也会教我堕入魔道。此所以主张文艺可以与抗战无关者，还须“主张”一下者也——这么一主张，便露出他心中还是很难过呀。要不然，他何不堂堂正正的去写，而必有这么一主张呢？第二条是不管我懂不懂，只管写下去。写战事，则机关枪拼命哒哒；写建设，则马达突突；只有骨骼，而无神髓。这办法，热情有余，而毫无实力；虽无骗人之情，而有骗人之实，亦所不取。只剩了第三条路，就是暂守缄默，我放弃了小说。自然，这只是暂时的。等我对于某个地方，某些人物，某种事情，熟习了以后，我必再拿起笔来。还有，依我的十多年写小说的一点经验来说，我以为写小说最保险的方法是知道了全海，再写一岛。当抗战的初期，谁也把握不到抗战的全局，及至战了二三年后，到处是战争的空气，呼吸既惯，生活与战争息息相通，再来动笔，一定不专凭一股热情去乱写，而是由实际生活的体验去描画战争。这也许被讥为期待主义吧？可是哪一部像样的作品不是期待多时呢，积了十几年对洋车夫的生活的观察，我才写出《骆驼祥子》啊——而且是那么简陋寒酸哪！

把小说放下，可不就是停止了笔的活动。我开始写通俗读物，那时候，正当台儿庄大捷，文章下乡与文章入伍的口号正喊得山摇地动。我写了旧形式新内容的戏剧，写了大鼓书，写了河南坠子。甚至于写了数来宝。从表面上看起来，这是避重就轻——舍弃了创作，而去描红模子。就是那肯接受这种东西的编辑者也大概取了聊备一格的态度，并不十分看得起它们：设若一经质问，编辑者多半是皱一皱眉头，而答以“为了抗战”，是不得已也。但是从我的学习的经验上看，这种东西并不容易作。第一是要作得对；要作得对，就必须先去学习。把旧的一套先学会，然后才能推陈出新。无论是旧剧，还是鼓词，虽然都是陈旧的东西，可是它们也还都活着。我们来写，就是想给这些还活着的东西一些新的血液，使它们前进，使它们对抗战发生作用。这就难了。你须先学会那些套数，否则大海茫茫，无从落笔。然后，你须斟酌着旧的情形而加入新的成分。你须把它写得像个样子，而留神着你自己别迷陷在里面。你须把新的成分逐渐添进去，而使新旧调谐，无论从字汇上，还是技巧上，都不显出挂着辫子而戴大礼帽的蠢样子。为了抗战，你须教训；为了文艺，你须要美好，可是，在这里，你须用别人定好了的形式与言语去教训，去设法使之美好。你越研究，你越觉得有趣；那些别人规定的形式，用的言语，是那么精巧生动，恰好足以支持它自己的生命。然而，到你自己一用这形式，这语言，你就感觉到喘不出气来，你若不割解开它，重新配置，你便丢失了你自己，你若剖析了它，而自出心裁地想把它整理好，啊，你根本就没法收拾了！新的是新的，旧的是旧的，妥协就是投降！因此，在试验了不少篇鼓词之类的东西以后，我把它们放弃了。

虽然我放弃了旧瓶装新酒这一套，可是我并不后悔，功夫是不欺人的。它教我明白了什么是民间的语言，什么是中国语言自然的韵律。不错，它有许多已经陈腐了的东西；可是唯其明白了哪是陈腐的，才能明白什么是我们必须马上送给民众的。明乎彼，知乎此，庶几可以谈民族形式矣。我感谢这个使我学习的机会！

就成绩而论，我写的那些旧剧与鼓词并不甚佳。毛病是因为我是在都市里学习来的，写出来的一则是模范所在，不肯离格；二则是循艺人的要求，生意相关，不能伤雅。于是，就离真正民间文艺还很远很远。写这种东西，应当写家与演员相处一处，随写随演随改，在某地则用某地的形式与语言，或者可以收效；在都市里闭门造车，必难合辙。

我不懂鼓词，正如我不懂话剧。我去学习鼓词，正如我去学习话剧。机会也许是偶然的，学习之心则是一向抱定，不敢少怠。文协要演戏，推我写剧本。这是偶然的。我大胆答应下来，要学一学而已，并非有任何把握。

只花了半个月的工夫，我写成了《残雾》。当然不成东西，我知道。所以敢写，和写得这么匆促者，是因为我只答应了起草；有了草底，由大家修正好才拿去上演。我不懂戏剧，只按照写小说的办法，想了个故事，写了一大片对话。反正友人们答应了给我修改，他们修改之后，我不就明白一些作剧的方法了吗？可是写完的那一天正是“五四”，暴敌狂炸渝市。戏演不成了，稿子也就放在了一边。紧跟着，我到西北去慰劳军队，把稿子交与了友人。半年后，我回到重庆，友人已替我发表了，出版了，并且演出了。这不能算个剧本，而只能算作一些对话的草拟，即使它已印成了书。至于演出的成功与失败，那全凭导演者与演员的怎样运用这一片对话，与我无关。

回到重庆，看到许多关于《残雾》的批评，十之六七是大骂特骂。我不便挨家挨户去道歉，说明我这草稿并没得到修正的机会；批评者得到骂人的机会而不骂，就大大的对不起他自己呀。放下这些批评，我去找懂戏剧的内行谈了一谈。由他们的口中，我明白了戏剧之所以为戏剧。戏剧不是对话体的小说，正如诗不是分行写的散文。我的毛病，据他们说，是过于缺乏舞台上的知识；我只写了对话，而忘了行动。

经他们这一指教，我才开始注意看话剧。看看到底什么叫作行动。以前我爱看旧剧。看了几出话剧之后，我并没能完全明白什么是行动，但是看清楚了这么一点：我的对话写得不坏，人家的穿插结构铺衬得好。我的对话里有些人情世故。可惜这点人情世故是一般的，并未能完全把剧情扣紧；单独的抽出来看真有些好句子；凑到一处，倒反容易破坏了剧情。有些剧作，尽管读起来没有什么精彩，一句惊人的话也找不到，可是放在舞台上倒四平八稳的像个戏剧。写了一本戏，挨了许多骂，我明白了这一点点。

练习的机会又来了。之的约我合写《国家至上》。题目是指定的（写回汉合作），好在我们俩都是北方人，对回族同胞的生活习惯相当的熟悉，不必临时去找材料。剧中的张老师是我在济南交往四五年的一位回族拳师的化身，黄老师是我在甘肃遇到的一位回族绅士的影像。其他的人物虽没有这样的来历，可是之的有很多回族的朋友，自不难于创拟。人物的真切使这本戏得到相当的成功。可是久住上海，没到过北方的批评者也许就以为它是江湖奇侠传。

人物、情节、问题，都从我们俩商议妥了，而后由我详细的写成一个故事，再由之的去分场。场分好，写起来就容易得多了。全剧写好，拿到“回教协会”，朗读给大家听。情节不妥当的地方，不合回族习惯的用语，都当场提出，一一改正。因此，这本剧虽没有别的好处，却很调匀整洁——稍微一不检点便足惹起误会，甚至引起纠纷！在写的时候，我们是小心上又加小心；写完了，我们是一点不敢偷懒的勤加修正。宣传剧的难写就在这里——要紧紧勒住笔，像勒住一匹烈马似的那么用力。

我写前两幕。之的有写剧的经验，所以担任较难的后两幕。这一回，我有了一点长进：第一，没有冗长的对话，而句句想着剧情的发展。第二，用最大的力量去“捧”张老师，教这一个人支配着控制着大家，以免一律平凡，精神涣散。

值得特别提出来的，是这本剧的情调，言语、服装、举动，一律朴素无华，排除洋气。我不十分懂什么是民族形式，假若民族形式是含有顺着本地风光去创作的意思，我想《国家至上》就多少有那么一点样子。自然，住惯了上海租界，以洋服洋话为本地风光者流，一定会惊异的称它为江湖奇侠传。

假若《残雾》是于乱七八糟中偶尔见些才气，到写《国家至上》的时候，可就略知门径，而规规矩矩的习作了。之的有写剧的经验，告诉我不少诀窍；同时，马彦祥与阳翰笙又热心的帮忙，所以这次的习作，虽然没有了不得的成绩，可是我个人的收获是相当大的。可惜，我们必须在一月中写成，以便从速排演，在春季演出。假若我们能多有些时间，再多改两遍，或者更可以减去些宣传剧的气味。在抗战中，一切是忙乱的，文艺作品也极难避免粗糙之弊。批评者只顾要求理想的作品，而每每忽略了大家在战时的生活的窘迫忙乱，假若批评者肯细心读一读他自己在忙乱中所写的批评文字，恐怕他要先打自己的手心吧。

《国家至上》写完，我开始写诗——《剑北篇》。我有没有诗的天才？绝不出于谦虚客气的，我回答：没有。写小说，我不善写短篇；据我看，短篇是更富于诗的成分的。小品文，我也写不好；为什么？我缺乏诗人的明敏犀利，不会以短短的小文一针见血的杀敌致果。我只会迟笨的包围，不会冒险用奇。我也不会写抒情诗。

凡此种种，都足证明我不能诗，那么，为什么要写诗呢？主观的，我愿意练习练习。客观的，我由西北旅行得来的那一些材料，除了作游记，只够作叙述诗用的。游记之难，难在精详，我并没有锐利精细的观察力。好吧，我就以诗代替游记吧。

没有诗才，我却有些作诗的准备。我作过旧诗、鼓词。以我自己的办法及语言和这两种东西化合起来，就是我的诗的形式。形式，在这里包括着句法、音节、用语、韵律等项。大体上，我是用我所惯用的白话，但在不得已时也借用旧体诗或通俗文艺中的词汇，句法长短不定，但句句要有韵，句句要好听，希望通体都能朗诵。

五个月的工夫，我才写得了四千行。材料早就预备好了，用不着再想。我上了句句用韵的当！因为凑韵脚，一行往往长到二十来个字，否则我早已写够一万行了。因为要押韵，有时候就破坏了言语的一致通俗，而勉强借用陈腐的词藻。因为句句挂韵，不但写着费事，读起来也过于吃力，使人透不过气来。本来我是想熔化新旧为一炉的，但所谓"旧"者是旧诗的神韵与音节，我并不要用腐朽不堪的言语与思想。句句用韵的企图，也就是为使句句响亮，如军队操演，步步整齐。哪知道，韵破坏了一切！不错，的确是步步整齐了，可是只能摆在操场上，而不能作战哪！韵使我失去了笔的自由与诗的活泼！的确，像“绿色千种，绿色千重”那样的句子，设若不是用韵的关系，也许不易想得出来，可是就全诗而言，它使我时时要哭。要哭的时候比得意的时候多了不知多少倍，得不偿失！不要说完全无韵，就是隔句用韵，我也不至于受这么大的罪，而还落个劳而无功啊！

但是，已经写了四千行，不便再改；我一定把这个形式维持到底，不管它给我多少困难。接受旧文艺的传统，接受民间文艺的优点，我都在此诗中略加试验；艰苦我倒不怕，我所怀疑者倒是接受到什么限度才算合适？或更激烈一点地说，新旧化合是否可能？不知道别人怎么看，我自己以为《剑北篇》中旧的成分太重了。材料是我自己的，情绪是抗战的，都绝非抄袭古人。就是音节韵律，我也只取了旧诗中运用声调的法则，来美化我自己的白话。在用韵方面，我用的是活的十齐套辙，并非诗韵。这样，取于旧者并不算多，按说就不应该显出那么浓厚的旧诗味道来；可是我自己觉得出来，它也许比“五四”时代那些小诗的气魄大一些，而旧诗的气息恐怕比它们还强得多。我能指得出来的毛病是：（一）韵用得太多。（二）写景多于写事。（三）未能完全通俗。在这三点而外，恐怕更重要的还是那个无形的，在心中藏着的小鬼。明显地说，就是在一计划写诗的时候，我面前就有个民族形式，像找替身的女鬼似的向我招手。她知道我写过旧诗，写过鼓词；用民族形式来引诱我，我必会上套！不论我怎样躲避旧的一切，她都会使我步步堕陷，不知不觉地陷入旧圈套中。说到这里，我就根本怀疑了民族形式这一口号。民族形式，据说是要以民族文艺固有的风格道出革命的精神，是啊，我何尝没这样办呢。可是，我并没得到好处！也许是我的才力不够吧？也许……反正我试验过了，而成绩欠佳！关于这一点，我似乎没法说得再明白些，除非你也去试验试验，你是不会明白我的。

诗未写完，本不想去写别的。可是，朋友们给我带来很多关于张自忠将军殉国的史料，并劝我写个四幕或五幕的话剧。我答应了，因为材料与问题既都丰富，而表扬忠烈又是文人的责任；我就暂放下诗，而去写戏。啊，这比诗还难写！历史大概永远是假的：目前的事最好莫谈，过去的事只好瞎猜！整整写了三个月，改过五次，结果还是不成东西。宣传剧已经不好写，含有历史性的宣传剧就简直不应尝试。今日的事情顶好留给后人去猜呀！我不愿再缕述所遭受的苦恼与失望；只须说一句话吧，我失败了！

这本剧写完，我拿起《剑北篇》来，希望于两三个月内告成。

我学习了，我并没有多大的成功，但是，我决不因失败而停顿了学习，我将继续学习下去，直到手不能拿起笔的那一天。

笼统的批评理论，对我，是没有什么用处的。只有试验的热心，勤苦的工作，才教我长进。三年来的成绩毫无可观，但是始终不懈的学习的热诚教我找到许多新的门径——只有这一点是差足自慰的。

一个防身药方的三味药 / 胡适

毕业班的诸位同学，现在都得离开学校去开始你们自己的事业了，今天的典礼，我们叫作“毕业”，叫作“卒业”，在英文里叫作“始业”（Commencement），你们的学校生活现在有一个结束，现在你们开始进入一段新的生活，开始撑起自己的肩膀来挑自己的担子，所以叫作“始业”。

我今天承毕业班同学的好意，承阎校长的好意，要我来说几句话，我进大学是在五十年前（一九一〇），我毕业是在四十六年前（一九一四），够得上做你们的老大哥了，今天我用老大哥的资格，应该送你们一点小礼物，我要送你们的小礼物只是一个防身的药方，给你们离开校门，进入大世界，做随时防身救急之用的一个药方。

这个防身药方只有三味药：

第一味药叫作“问题丹”。

第二味药叫作“兴趣散”。

第三味药叫作“信心汤”。

第一味药，“问题丹”，就是说：每个人离开学校，总得带一两个麻烦而有趣味的问题在身边做伴，这是你们入世的第一要紧的救命宝丹。

问题是一切知识学问的来源，活的学问、活的知识，都是为了解答实际上的困难，或理论上的困难而得来的。年轻入世的时候，总得有一个两个不大容易解决的问题在脑子里，时时向你挑战，时时笑你不能对付他，不能奈何他，时时引诱你去想他。

只要你有问题跟着你，你就不会懒惰了，你就会继续有知识上的长进了。

学堂里的书，你带不走，仪器，你带不走；先生，他们不能跟你去，但是问题可以跟你走到天边！有了问题，没有书，你自会省吃省穿去买书；没有仪器，你自会卖田卖地去买仪器！没有好先生，你自会去找好师友；没有资料，你自会上天下地去找资料。

各位青年朋友，你今天离开学校，夹袋里准备了几个问题跟着你走？

第二味药，叫作“兴趣散”，这就是说：每个人进入社会，总得多发展一点专门职业以外的兴趣——“业余”的兴趣。

你们多数是学工程的，当然不愁找不到吃饭的职业，但四年前你们选择的专门职业，真是你们自己的自由志愿吗？你们现在还感觉你们手里的文凭真可以代表你们每个人终身的志愿，终身的兴趣吗？——换句话说，你们今天不懊悔吗？明年今天还不会懊悔吗？

你们在这四年里，没有发现什么新的、业余的兴趣吗？在这四年里，没有发现自己在本行以外的才能吗？

总而言之，一个人应该有他的职业，又应该有他的非职业的玩意儿。不是为吃饭而是心里喜欢做的，用闲暇时间做的，——这种非职业的玩意儿，可以使他的生活更有趣，更快乐，更有意思，有时候，一个人的业余活动也许比他的职业还更重要。

英国十九世纪的两个哲学家，一个是弥尔（J.S.Mill），他的职业是东印度公司的秘书，他的业余工作使他在哲学上、经济学上、政治思想史上，都有很大的贡献。一个是斯宾塞（Edmund Spenser），他是一个测量工程师，他的业余工作使他成为一个很有势力的思想家。

英国的大政治家丘吉尔，政治是他的终身职业，但他的业余兴趣很多，他在文学、历史两方面，都有大成就；他用余力作油画，成绩也很好。

美国大总统艾森豪威尔先生，他的终身职业是军事，人都知道他最爱打高尔夫球，但我们知道他的油画也很有功夫。

各位青年朋友，你们的专门职业是不用愁的了，你们的业余兴趣是什么？你们能做的，爱做的业余活动是什么？

第三味药，我叫他“信心汤”，这就是说：你总得有一点信心。

我们生存在这个年头，看见的、听见的，往往都是可以叫我们悲观、失望的——有时候竟可以叫我们伤心，叫我们发疯。

这个时代，正是我们要培养我们的信心的时候，没有信心，我们真要发狂自杀了。

我们的信心只有一句话：“努力不会白费。”没有一点努力是没有结果的。

对你们学工程的青年人，我还用多举例来说明这种信心吗？工程师的人生哲学当然建筑在“努力不白费”的定律的基石之上。

我只举这短短几十年里大家都知道的两个例子：一个是亨利·福特（Henry Ford），这个人没有受过大学教育，他小时半工半读，只读了几年书，十六岁就在一小机器店里做工，每周工钱两块半美元，晚上还得去帮别家做夜工。

五十七年前（一九〇三年）他三十九岁，他创立 Ford Motor Co Company（福特汽车公司），原定资本十万元，只招得两万八千元。

五年之后（一九〇八年），他造成了他的最出名的 model T 汽车，用全力制造这一种车子。

一九一三年——我已在大学三年级了，福特先生创立他的第一条“装配线”（Assembly line）。

一九一四年——四十六年前——他就能够完全用“装配线”的原理来制造他的汽车了。同时（一九一四年）他宣布他的汽车工人每天只工作八点钟，比别处工少一点钟——而每天最低工钱五元美金，比别人多一倍。

他的汽车开始是九百五十元一辆，他逐年减低卖价，从九百五十元直减到三百六十元——第一次世界大战之后，减到二百九十元一辆。

他的公司，在创办时（一九〇三年）只有两万八千元的资本，到二十三年之后（一九二六年）已值得十亿美金了！已成了全世界最大的汽车公司了。一九一五年，他造了一百万辆汽车，一九二八年，他造了一千五百万辆车。

他的“装配线”的原则在二十年里造成了全世界的“工业新

革命”。

福特的汽车在五十年中征服全世界的历史还不能叫我们发生“努力不白费”的信心吗?

第二个例子是航空工程与航空工业的历史。

也是五十七年前——一九〇三年十二月十七日，正是我十二整岁的生日，那一天，在北卡罗来纳州的海边 Kitty Hawk（基帝霍克）沙滩上，两个修理脚踏车的匠人，兄弟两人，用他们自己制造的一只飞机，在沙滩上试起飞，弟弟叫 Orville Wright，他飞起了十二秒钟。哥哥叫 Wilbur Wright，他飞起了五十九秒钟。

那是人类制造飞机飞在空中的第一次成功，现在那一天（十二月十七日）是全美国庆祝的“航空日”——但当时并没有人注意到那两个兄弟的试验，但这两个没有受过大学教育的脚踏车修理匠人，他们并不失望，他们继续试飞，继续改良他们的飞机，一直到四年半之后（一九〇八年五月）才有重要的报纸来报道那两个人的试飞，那时候，他们已能在空中飞三十八分钟了!

这四十年中，航空工程的大发展，航空工业的大发展，这是你们学工程的人都知道的，航空工业在最近三十年里已成了世界最大工业的一种。

我第一次看见飞机是在一九一二年。我第一次坐飞机是在一九三〇年（三十年前）。我第一次飞过太平洋是在二十三年前（一九三七年）；第一次飞过大西洋是在十五年前（一九四五年），当我第一次飞渡太平洋的时候，从香港到旧金山总共费了七天！去年我第一次坐 Jet 机，从旧金山到纽约，五个半钟点飞了三千英里！下月初，我又得飞过太平洋，当天中午起飞，当天晚上就到美国西岸了！

五十七年前，Kitty Hawk 沙滩上两个脚踏车修理匠人自造的一个飞机居然在空中飞起了十二秒钟，那十二秒钟的飞行就给人类打开了一个新的时代——打开了人类的航空时代。

这不够叫我们深信“努力不会白费”的人生观吗？

古人说：“信心可以移山。”又说：“功不唐捐（唐是空的意思）。”又说：“只要功夫深，生铁磨成绣花针。”

青年的朋友，你们有这种信心没有？

今年的希望 / 老舍

不知道怎么稀里糊涂的又过了一年！年年在元旦都有一些雄心，想至少也要做出一件半件惊心动地的事，可是到除夕一清算，几是欠了一点钱，旁无可述；惨笑一下，听着放爆竹而已！

不过，认真地去悲观，或者足以引出自杀的危险；所以总应相机原谅自己，给自己找出可以继续活下去的理由与路子。人能一活就活几十年，大概就是因他会这样自欺吧？

去年有三件大事似乎值得报告出来。此三事都不惊天动地，可是说出来足以自欺欺人，倒仿佛我并没白活一年，而理应再活下去似的。去年，我戒了烟，戒了酒，并且写了三十多万字。戒酒是为了健康，戒烟却为了省钱。人能决心减少嗜好，省下钱来买几元美元，无论如何也得算识时务的！识时务的不就是英雄吗？我值得活下去！只可惜美元还没能买，却也不伤心，我相信假若继续持戒，黄金总会有那么一天来到手中的！恒心便是金矿！即便美元永远不来，我也还是不破戒。有许多友人戒了嗜好又去开戒，虽无大过，却总有立志不坚之辱，而觉得怪不好意思。我要胜过他们！他们得到舒服，我却得到优越之感！当他们喝得面红耳热的时候，或吸着副牌子“爱人”或“人头狗”的时候，我可以给他们一点带有规劝性的小讽刺；精神胜利是属于我的！因此，我决定：

卅四年我继续戒酒戒烟！

不过，假若朋友们送来“茅台”或“红糟”，我可也不拒绝。同样的，他们若给我几包“骆驼”或“华福”，我也不便一定板起面孔，硬是不要。这不能说是我立志不坚，而应说是诱惑太大，况且友情比金子还更贵重，我不愿死后入圣庙，而生前伤了友情啊。

去年写成的三十多万字，有三十万是《四世同堂》的，其余是一些短文的。本来想把《四世同堂》写到五十万字，可是因为打摆子与头昏和心境欠佳，就打了个很大的折扣。今年，我希望能再继续写下去，而且要比去年写得多。假若今年我能再写五十万，那就很可能把这长篇小说在后年夏季写齐——原来想一共花两年的时间交卷，这样便须用二年半了。已写成的三十万字，说实话，是乱七八糟，不像东西。心有余而力不足，我只顾写大东西，而忘记了自己没有那么大的力气。不过，无论怎样，我希望能够继续写下去，把它写成。那么，我决定：

今年继续写《四世同堂》。

说到这里，我恳求朋友们顶好不要叫我写杂文。我的身体比从前差得很多了，双管齐下实在顶不住！况且，杂文本非所长，写不出什么道理来，何苦费力不讨好，耽误了自己的时间，而又不能使篇幅增光呢！

好吧，今年只希望不烟不酒，和好好的写《四世同堂》。若是还有别的希望，那就必是财源茂盛，人口平安！并谨以此两句吉祥话儿，送给一切朋友！

第四章

每个不曾起舞的日子，都是对生命的辜负

记得从前俞平伯先生有两行名诗：

被窝暖暖的，人儿远远的……

毅然决然地从被窝里窜出来，

尤其是在北方那样寒冷的天气，

实在是不容易。唯以其不容易，

所以早起被称为开始做人的第一件事。

假在被窝里不出来，那便是在做人的道上第一回败绩。

早起 / 梁实秋

曾文正公说："做人从早起起。"因为这是每人每日所做的第一件事。这一桩事若办不到，其余的也就可想。记得从前俞平伯先生有两行名诗："被窝暖暖的，人儿远远的……"在这"暖暖……远远……"的情形之下，毅然决然地从被窝里窜出来，尤其是在北方那样寒冷的天气，实在是不容易。唯以其不容易，所以那个举动被称为开始做人的第一件事。偎在被窝里不出来，那便是在做人的道上第一回败绩。

历史上若干嘉言懿行，也有不少是标榜早起的。例如，颜氏家训里便有"黎明即起"的句子。至少我们不会听说哪一个人为了早晨晏起而受到人的赞美。祖逖闻鸡起舞的故事是众所熟知的，但是我们不要忘了祖逖是志士，他所闻的鸡不是我们在天将破晓时听见的鸡啼，而是“中夜闻荒鸡鸣”。中夜起舞之后是否还回去再睡，史无明文，我想大概是不再回去睡了。黑茫茫的后半夜，舞完了之后还做什么，实在是不可想象的事。清代文武大臣上朝，也是半夜三更地进东华门，打着灯笼进去，不知是不是因为皇帝有特别喜欢起早的习惯。

西谚亦云：“早出来的鸟能捉到虫儿吃。”似乎是晚出来的鸟便没得虫儿吃了。我们人早起可有什么好处呢？我个人是从小就喜欢早起的，可是也说不出有什么特别的好处，只是我个人的习惯而已。我觉得这是一个好习惯，可是并不说有这好习惯的人即是好人，因为这习惯虽好，究竟在做人的道理上还是比较的一桩小事。所以像韩复榘在山东省做主席时强迫省府人员清晨五时集合在大操场里跑步，我并不敢恭维。

我小时候上学，躺在炕上一睁眼看见窗户上最高的一格有了太阳光，便要急得哭啼，我的母亲匆匆忙忙给我梳了小辫儿打发我去上学。我们的学校就在我们的胡同里。往往出门之后不久又眼泪扑簌的回来，母亲问道：“怎么回来了？”我低着头嚅嗫的回答：“学校还没有开门哩！”这是五十多年前的事了，我现在想想，还是不知道为什么要那样性急。到如今，凡是开会或宴会之类，我还是很少迟到的。我觉得迟到是很可耻的一件事。但是我的心胸之不够开展，容不得一点事，于此也就可见一斑。

有人晚上不睡，早晨不起。他说这是“焚膏油以继晷”。我想，“焚膏油”则有之，日晷则在被窝里糟蹋不少。他说夜里万籁俱寂，没有搅扰，最宜工作，这话也许是有道理的。我想晚上早睡两个钟头，早上早起两个钟头，还是一样的，因为早晨也是很宜于工作的。我记得我翻译《阿伯拉与哀绿绮思的情书》的时候，就是趁太阳没出的时候搬竹椅在廊檐下动笔，等到太阳晒满半个院子，人声嘈杂，我便收笔，这样在一个月内译成了那本书，至今回忆起来还是愉快的。我在上海住几年，黎明即起，弄堂里到处是哗啦哗啦地刷马桶的声音，满街的秽水四溢，到处看得见横七竖八的露宿的人——这种苦恼是高枕而眠到日上三竿的人所没有的。有些个城市，居然到九、十点钟而街上还没有什么动静，家家户户都门窗紧闭，行经其地如过废墟，我这时候只有暗暗地祝福那些睡得香甜的人，我不知道他们昨夜做了什么事，以至今天这样晚还不能起来。

我如今年事稍长，好早起的习惯更不易抛弃。醒来听见鸟啭，一天都是快活的。走到街上，看见草上的露珠还没有干，砖缝里被蚯蚓倒出一堆一堆的沙土，男的女的担着新鲜肥美的菜蔬走进城来，马路上有戴草帽的老朽的女清道夫，还有无数的青年男女穿着熨平的布衣精神抖擞地携带着“便当”骑着脚踏车去上班——这时候我衷心充满了喜悦！这是一个活的世界，这是一个人的世界，这是生活！

就是学佛的人也讲究“早参”“晚参”。要此心常常摄持。曾文正公说做人从早起起，也是着眼在那一转念之间，是否能振作精神，让此心做得主宰。其实早起晚起本身倒没有什么了不得的利弊，如是而已。

贺年 / 老舍

劳动是最有滋味的事。肯劳动，连过新年都更有滋味，更多乐趣。

记得当初我还是个孩子的时候，家里很穷，所以母亲在一入冬季就必积极劳动，给人家浆洗大堆大堆的衣服，或代人赶作新大衫等，以便挣到一些钱，作过年之用。

姐姐和我也不能闲着。她帮助母亲洗、作；我在一旁打下手儿——递烙铁、添火，送热水与凉水等等。我也兼管喂狗、扫地，和给灶王爷上香。我必须这么做，以便母亲和姐姐多赶出点活计来，增加收入，好在除夕与元旦吃得上包饺子！

快到年底，活计都交出去，我们就忙着筹备过年。我们的收入有限，当然不能过个肥年。可是，我们也有非办不可的事：灶王龛上总得贴上新对联，屋子总得大扫除一次，破桌子上已经不齐全的铜活总得擦亮，猪肉与白菜什么的也总得多少买一些。由大户人家看来，我们的这点筹办工作的确简单的可怜。我们自己却非常兴奋。

我们当然兴奋。首先是我们过年的那一点费用是用我们自己的劳动换来的，来得硬正。每逢我向母亲报告：当铺刘家宰了两口大猪，或放债的孙家请来三堂供佛的、像些小塔似的头号“蜜供”，母亲总会说：咱们的饺子里菜多肉少，可是最好吃！当时，我不大明白为什么菜多肉少的饺子反倒最好吃。在今天想起来，才体会到母亲的话里确有很高的思想性。是呀，第一我们的饺子不是由开当铺或放高利贷得来的，第二我们的饺子是亲手包的，亲手煮的，怎能不最好吃呢？刘家和孙家的饺子必是油多肉满，非常可口，但是我们的饺子会使我们的胃里和心里一齐舒服。

劳动使我们穷人骨头硬，有自信心。回忆起来，在那黑暗的岁月里，我们一家子怎么闯过了一关又一关，终于挣扎过来，得到解放，实在不能不感谢共产党，也不能不提到母亲的热爱劳动。她不懂得革命，可是她使儿女们相信：只要手脚不闲着，便不会走到绝路，而且会走得噔噔的响。

虽然母亲也迷信，天天给灶王上三炷香，可是赶到实在没钱请香的时节，她会告诉灶王：对不起，今天饿一顿，明天我挣来钱再补上吧！是的，她自信能够挣来钱，使神仙不致于长期挨饿。我看哪，神佛似乎倒应当向她致谢、致敬！

我也体会到：劳动会使我们心思细腻。任何工作都不是马马虎虎就能做好的。马马虎虎，必须另做一回，倒不如一下手就仔仔细细，做得妥妥贴贴。劳动与取巧是结合不到一处的。要不怎么劳动能改变人的气质呢。

说起来有点奇怪，回忆往事，特别是幼年与少年时代的事，也不知怎么就觉得分外甜美。事实上，我在幼年与少年遇到的那些事，多半是既不甜，也不美的。恐怕是因为年少单纯，把当时的事情能够记得特别深刻，清楚，所以到后来每一回想就觉得滋味深长，又甜又美。若是果然如此，我们便应警惕：是否我们太善于恋旧，因而容易保守呢？沉醉于过去，就会不看今天的进步事实，更不看明天的美丽远景，一来二去，没法不做出“今不如昔”的结论而感慨系之。这可就非常危险！保守落后的人就是阻碍社会向前发展的人！

不过，咱们开头就说的是劳动最有滋味。是的，假若幼年与少年时代过的是勤苦生活，回忆起来就不能不果然甜美了。小时候养成的好习惯，必然直到如今还继续发生作用，怎能不美呢！到今天，我还天天自己收拾屋子，不肯叫别人插手。这点轻微的劳动本算不了什么大事，值不得夸口。可是，它的作用并不限于使屋里干净，瓶子罐子都有一定的位置。它还给我的写作生活一些好的影响。我天天必擦抹桌子，也必拿笔写点什么。劳动不同，劲儿可是一样，不干点什么，心里就不舒服。擦桌子要擦得干干净净，写稿子也要写得清清楚楚，劲儿又是一样。不这样心里就不安。不管怎么说，这都是好习惯。古语说：业精于勤。据我看，光勤于用脑力而总不用体力，业也许不见得能精；两样都用，心身并健，一定更有好处。

欣逢新岁，想起当年，觉得劳动滋味的确甜美，而且享受不尽。因而也就想到今天有多少干部与多少作家都正在山上或乡下，和农民们在一处过年。这真是可喜的事，令我羡慕。我敢断言：你们和农家的父老兄弟们在一处包饺子过年，一定吃得最香甜，胃里和心里一齐都舒服。这点生活经验，我相信，将永远成为你们记忆中的最甜美的部分，而且热爱劳动的习惯一旦养成，即能终身享受不尽。尝到劳动滋味的人有福了，因为社会主义的幸福是你们的！谨向你们致贺，向一切劳动人民致敬，并祝新年之禧！

不要秘诀的秘诀 / 邓拓

以前在书店里常常可以看见有所谓《读书秘诀》《作文秘诀》之类的小册子，内容毫无价值，目的只是骗人。但是，有些读者贪图省力，不肯下苦功夫，一见有这些秘诀，满心欢喜，结果就不免上当。现在这类秘诀大概已经无人问津了吧！然而，我觉得还有人仍然抱着找秘诀的心情，而不肯立志用功。因此，向他们敲一下警钟还是必要的。

历来真正做学问有成就的学者，都不懂得什么秘诀，你即便问他，他实在也说不出。明代的学者吴梦祥自己定了一份学规，上面写道：

“古人读书，皆须专心致志，不出门户。如此痛下工夫，庶可立些根本，可以向上。或作或辍，一暴十寒，则虽读书百年，吾未见其可也。”

看来这个学规中，除了“不出门户”的关门读书的态度不值得提倡以外，一般都是很好的见解。事实的确是这样。不管你学习和研究什么东西，只要专心致志，痛下功夫，坚持不断地努力，就一定会有收获。最怕的是不能坚持学习和研究，抓一阵子又放松了，这就是“或作或辍，一曝十寒”的状态，必须注意克服。吴梦祥的这个学规对我们今天仍然有一些用处。

这种学规早在宋代就十分流行，特别是朱熹等理学家总喜欢搞这一套。但是其中也有的不是学规，而是一些经验之谈。如陈善的《扪虱新话》一书写道：

“读书须知出入法。始当求所以入，终当求所以出。见得亲切，此是入书法；用得透脱，此是出书法。盖不能入得书，则不知古人用心处；不能出得书，则又死在言下。唯知出知入，得尽读书之法也。”

用现在的眼光读这一段文字，也许觉得他的见解很平常。然而，我们要知道，陈善是南宋淳熙年间，即公元十二世纪后半期的人。在那个时候他就能够提出这样鲜明的主张，也算是难能可贵的了。他主张要读活书而不要读死书，就是说要知入知出；要体会古人著作的精神和实质而不要死背一些字句，就是说要体会古人用心处而不可死在言下。不但这样，他还反对为读书而读书的倾向。他主张读书要求实际运用，并且要用得灵活，即所谓“透脱”。你看他的这些主张，难道不是一种反教条主义的主张吗？他的这个主张，过去很少有人注意，因为他的声名远不如朱熹等人，但是他根据自己读书的经验而提出了这种主张，我想这还是值得推荐的。

宋儒理学的代表人物中，如陆九渊的读书经验也有可取之处。《陆象山语录》有一则写道：

“如今读书且平平读，未晓处且放过，不必太滞。”

接着，他又举出下面的一首诗：

“读书切戒在慌忙，涵泳工夫兴味长；未晓不妨权放过，切身须要急思量。”

这就是所谓“读书不求甚解”的意思。本来说不求甚解也并非真的不要求把书读懂，而是主张对于难懂的地方先放它过去，不要死扣住不放。也许看完上下文之后，对于难懂的部分也就懂得了；如果仍然不懂，只好等日后再求解释。这个意思对于我们现在的青年读者似乎特别有用。

至于我们现在提倡读书要用批判的眼光，要取其精华，去其糟粕，这个主张古代的读书人却没有胆量提出。古代只有一个没有机会读书的木匠，曾经有过类似这种思想的萌芽。这个人就是齐国的轮扁。据《庄子·天道篇》记载：“桓公读书于堂上，轮扁斫轮于堂下，释椎凿而上，问桓公曰：敢问公之所读何言耶？公曰：圣人之言也。曰：圣人在乎？公曰：已死矣。曰：然则君之所读者，古人之糟粕已夫！”接着，轮扁还介绍了他自己进行生产劳动的经验。他的话虽然不免有很大的片面性，他不该把一切所谓“圣人”之言全部否定了；但是，他反对读古人的糟粕，强调要从生产劳动中去体会，这一点却有独到的见地。

我们现在读书的态度和方法，从根本上说，也不过如此。而这些又算得是什么秘诀呢？！如果一定要说秘诀，那么，不要秘诀也就是秘诀了。

我之于书 / 夏丏尊

二十年来，我生活费中至少十分之一二是消耗在书上的。我的房子里比较贵重的东西就是书。

我一向没有对于任何问题做高深研究的野心，因之所买的书范围较广，宗教，艺术，文学，社会，哲学，历史，生物，各方面差不多都有一点。最多的是各国文学名著的译本，与本国古来的诗文集，别的门类只是些概论等类的入门书而已。

我不喜欢向别人或图书馆借书。借来的书，在我好像过不来瘾似的，必要是自己买的才满足。这也可谓是一种占有的欲望。买到了几册新书，一册一册地加盖藏书印记，我最感到快悦的是这时候。

书籍到了我的手里，我的习惯是先看序文，次看目录。页数不多的往往立刻通读，篇幅大的，只把正文任择一二章节略加翻阅，就插在书架上。除小说外，我少有全体读完的大部的书，只凭了购入当时的记忆，知道某册书是何种性质，其中大概有些什么可取的材料而已。什么书在什么时候再去读再去翻，连我自己也无把握，完全要看一个时期的兴趣。关于这事，我常自比为古时的皇帝，而把插在架上的书譬诸列屋而居的宫女。

我虽爱买书，而对于书却不甚爱惜。读书的时候，常在书上把我所认为要紧的处所标出。线装书大概用笔加圈，洋装书竟用红铅笔画粗粗的线。经我看过的书，统体干净的很少。

据说，任何爱吃糖果的人，只要叫他到糖果铺中去做事，见了糖果就会生厌。自我入书店以后，对于书的贪念也已消除了不少了，可是仍不免要故态复萌，想买这种，想买那种。这大概因为糖果要用嘴去吃，摆存毫无意义，而书则可以买了不看，任其只管插在架上的缘故吧。

这一年的笔 / 老舍

去年“七七”，我还在青岛，正赶写两部长篇小说。这两部东西都定好在九月中登载出，作为“长篇连载”，足一年之用。七月底，平津失陷，两篇共得十万字，一篇三万，一篇七万。再有十几万字，两篇就都完成了，我停了笔。一个刊物，随平津失陷而停刊，自然用不着供给稿子；另一个却还在上海继续刊行，而且还直催预定货件。可是，我不愿写下去。初一下笔的时候，还没有战争的影子，作品内容也就没往这方面想。及至战争已在眼前，心中的悲愤万难允许再编制“太平歌词”了。青岛的民气不算坏，四乡壮丁早有训练，码头工人绝对可靠，不会被浪人利用，而且据说已有不少正规军队开到。公务人员送走妇孺，是遵奉命令；男人们照常做事，并不很慌。市民去几里外去找“号外”，等至半夜去听广播的，并不止我一个人。虽然谁也看出，胶济路一毁，敌人海军封锁海口，则青岛成为罐子，可是大家真愿意“打日本鬼子”！抗战的情绪平定了身家危险的惊惧，大家不走。在这种空气中，我开始给本地报纸写抗战短文。信用——未能交出预约的稿子——报酬，艺术，都不算一回事了；抗战第一。一个医生因报酬薄而拒绝去医治伤兵，设若被视为可耻，我想我该放下长篇，而写些有关抗战的短文。

八月中旬因应齐大之约，搬往济南。济南还不如青岛。民气沉寂，而敌军已陷沧州。我不悲观，也不乐观，我写我的，还是供给各报纸。

直到十一月中旬，黄河铁桥炸毁，我始终活动着我的笔，不管有多大用处。铁桥炸毁，敌军眼看攻到，而当地长官还没有抗战的决心，我只好走出来。不能教我与我的笔一齐锈在家中。

到汉口，我的笔更忙起来。人家要什么，我写什么。我只求尽力，而不考虑自己应当写什么，假若写大鼓书词有用，好，就写大鼓书词。艺术吗？自己的文名吗？都在其次。抗战第一。我的力量都在一支笔上，这支笔须服从抗战的命令。有一天，见到一位伤兵，他念过我的鼓词。他已割下一条腿。他是谁？没人知道。他死，入无名英雄墓。他活，一个无名的跛子。他读过我的书词，而且还读给别的兄弟们听，这就够了。只求多有些无名英雄能读到我的作品，能给他们一些安慰，好；一些激动，也好。我设若因此而被关在艺术之神的寺外，而老去伺候无名英雄们，我必满意，因为我的笔并未落空。

这一年来的流亡，别离，苦痛，都可以忍受，因为笔还在我手中。想想看，那该是怎样惨酷的事呢，设若我的手终日闲着，笔尖长了锈！再退一步讲，我依然继续写我的长篇小说，而没有一个无名英雄来取读，我与抗战恐怕就没有多大关系了吧？在今日，我以为一篇足以使文人淑女满意的巨制，还不及使一位伤兵能减少一些苦痛寂寞的小品；正如争得百米第一的奖牌，在今日，远不及一位士兵挂彩那么光荣。在这时代，才力的伟大与否，艺术的成就如何，倒似乎都在其次，最要紧的还是以个人的才力——不管多么小——而艺术——不管成就怎样——配合着抗战的一切，做成今天管今天的，敌人来到便拿枪的事实。

我是在这里称赞自己吗？一定不是！我是来说这一年我的笔没有闲着，和为什么事没有闲着。我尽了我的力，该当的；只觉得不够，羞愧；还敢自谀？因为我自己如是，我便可以切实的说明，文艺界的朋友们多数的是加紧工作，不肯闲起笔来。大家所写的不同，可是文艺始终未曾被敌人的炮火吓得闭口无言。自然，因印刷的，交通的，分配的，种种不便与疏忽，文艺还未曾深入民间与军队中。可是，这不足证明文艺者的懒怠，而是许多许多实际的困难未能克服，不能归咎于作家。第三期抗战已到，精神食粮必须与武器兵力一齐马上充实起来，不可稍缓。文艺者，我相信，是愿意把笔作为枪的。那么，政府社会在实际上能予以便利及与帮助，实在是必要的。文艺者只有笔，他并没“一应俱全”地带着印刷与交通工具。等到文艺者的笔因客观的条件而不得不锈起来，那个损失将非仅后悔所能弥补的。

这一年的笔是沾着这一年民族的血来写画的，希望她能尽情地挥动，写出最后胜利的欢呼与狂舞。有笔的人都是有这个信仰。希望政府与社会帮助。横扫倭寇，还我山河！

论且顾眼前 / 朱自清

俗语说，“火烧眉毛，且顾眼前。”这句话大概有了年代，我们可以说是人们向来如此。这一回抗战，火烧到了每人的眉毛，“且顾眼前”竟成了一般的守则，一时的风气，却是向来少有的。但是抗战时期大家还有个共同的“胜利”的远景，起初虽然朦胧，后来却越来越清楚。这告诉我们，大家且顾眼前也不妨，不久就会来个长久之计的。但是惨胜了，战祸起在自己家里，动乱比抗战时期更甚，并且好像没个完似的。没有了共同的远景；有些人简直没有远景，有些人有远景，却只是片段的，全景是在一片朦胧之中。可是火烧得更大了，更快了，能够且顾眼前就是好的，顾得一天是一天，谁还想到什么长久之计！可是这种局面能以长久的拖下去吗？我们是该警觉的。

且顾眼前，情形差别很大。第一类是只顾享乐的人，所谓“今朝有酒今朝醉”。这种人在抗战中大概是些发国难财的人，在胜利后大概是些发接收财或胜利财的人。他们巧取豪夺得到财富，得来的快，花去的也就快。这些人虽然原来未必都是贫儿，暴富却是事实。时势老在动荡，物价老在上涨，倘来的财富若是不去运用或花消，转眼就会两手空空儿的！所谓运用，大概又趋向投机一路；这条路是动荡的，担风险的。在动荡中要把握现在，自己不吃亏，就只有享乐了。享乐无非是吃喝嫖赌，加上穿好衣服，住好房子。传统的享乐方式不够阔的，加上些买办文化，洋味儿越多越好，反正有的是钱。这中间自然有不少人享乐一番之后，依旧还我贫儿面目，再吃苦头。但是也有少数豪门，凭借特殊的权位，浑水里摸鱼，越来越富，越花越有。财富集中在他们手里，享乐也集中在他们手里。于是富的富到三十三天之上，贫的贫到十八层地狱之下。现在的穷富悬殊是史无前例的；现在的享用娱乐也是史无前例的。但是大多数在饥饿线上挣扎的人能以眼睁睁白供养着这班骄奢淫逸的人尽情地自在地享乐吗？有朝一日——唉，让他们且顾眼前吧！

第二类是苟安旦夕的人。这些人未尝不想工作，未尝不想做些事业，可是物质环境如此艰难，社会又如此不安定，谁都贪图近便，贪图速成，他们也就见风使舵，凡事一混了之。“混事”本是一句老话，也可以说是固有文化；不过向来多半带着自谦的意味，并不以为“混”是好事，可以了此一生。但是目下这个“混”似乎成为原则了。困难太多，办不了，办不通，只好马马虎虎，能推就推，不能推就拖，不能拖就来个偷工减料，只要门面敷衍得过就成，管它好坏，管它久长不久长，不好不要紧，只要自己不吃亏！从前似乎只有年纪老资格老的人这么混。现在却连许多青年人也一道同风起来。这种不择手段，只顾眼前，已成风气。谁也说不准明天的事儿，只要今天过去就得了，何必认真！认真又有什么用！只有一些书呆子和准书呆子还在他们自己的岗位上死乞白赖的规规矩矩的工作。但是战讯接着战讯，越来越艰难，越来越不安定，混的人越来越多，靠这一些书呆子和准书呆子能够撑得住吗？大家老是这么混着混着，有朝一日垮台完事。蝼蚁尚且贪生，且顾眼前，苟且偷生，这心情是可以了解的；然而能有多长久呢？只顾眼前的人是不想到这个的。

第三类是穷困无告的人。这些人在饥饿线上挣扎着，他们只能顾到眼前的衣食住，再不能够顾到别的；他们甚至连眼前的衣食住都顾不周全，哪有工夫想别的呢？这类人原是历来就有的，正和前两类人也是历来就有的一样，但是数量加速增大，却是可忧的也可怕的。

这类人跟第一类人恰好是两极端，第一类人增大的是财富的数量，这一类人增大的是人员的数量——第二类人也是如此。这种分别增大的数量也许终于会使历史变质的吧？历史上主持国家社会长久之计或百年大计的原只是少数人；可是在比较安定的时代，大部分人都还能够有个打算，为了自己的家或自己。有两句古语说，“一年之计在于春，一日之计在于晨”，这大概是给农民说的。无论是怎样的穷打算，苦打算，能有个打算，总比不能有打算心里舒服些。现在确是到了人人没法打算的时候；“一日之计”还可以有，但是显然和从前的“一日之计”不同了，因为“今日不知明日事”，这“一日”恐怕真得限于一了。在这种局面下“百年大计”自然更谈不上。不过那些豪门还是能够有他们的打算的，他们不但能够打算自己一辈子，并且可以打算到子孙。因为即使大变来了，他们还可以溜到海外做寓公去。这班人自然是满意现状的。第二类人虽然不满现状，却也害怕破坏和改变，因为他们觉着那时候更无把握。第三类人不用说是不满现状的。然而除了一部分流浪型外，大概都信天任命，愿意付出大的代价取得那即使只有丝毫的安定；他们也害怕破坏和改变。因此“且顾眼前”就成了风气，有的豪夺着，有的鬼混着，有的空等着。然而还有一类顾眼前而又不顾眼前的人。

我们向来有“及时行乐”一句话，但是陶渊明《杂诗》说，“及时当勉励，岁月不待人”，同是教人“及时”，态度却大不一样。

“及时”也就是把握现在；“行乐”要把握现在，努力也得把握现在。陶渊明指的是个人的努力，目下急需的是大家的努力。在没有什么大变的时代，所谓“百世可知”，领导者努力的可以说是“百年大计”；但是在这个动乱的时代，“百年”是太模糊太空洞了，为了大家，至多也只能几年几年地计划着，才能够踏实的努力前去。这也是“及时”，把握现在，说是另一意义的“且顾眼前”也未尝不可；“且顾眼前”本是救急，目下需要的正是救急，不过不是各人自顾自地救急，更不是从救急转到行乐上罢了。不过目下的中国，连几年计划也谈不上。于是有些人，特别是青年一代，就先从一般的把握现在下手。这就是努力认识现在，暴露现在，批评现在，抗议现在。他们在试验，难免有错误的地方。而在前三类人看来，他们的努力却难免向着那可怕的可忧的破坏与改变的路上去，那是不顾眼前的！但是，这只是站在自顾自的立场上说话，若是顾到大家，这些人倒是真正能够顾到眼前的人。

过客 / 鲁迅

时：或一日的黄昏

地：或一处

人：

老翁——约七十岁，白头发，黑长袍。

女孩——约十岁，紫发，乌眼珠，白地黑方格长衫。

过客——约三四十岁，状态困顿倔强，眼光阴沉，黑须，乱发，黑色短衣裤皆破碎，赤足著破鞋，胁下挂一个口袋，支着等身的竹杖。

东，是几株杂树和瓦砾；西，是荒凉破败的丛葬；其间有一条似路非路的痕迹。一间小土屋向这痕迹开着一扇门；门侧有一段枯树根。

（女孩正要将坐在树根上的老翁搀起。）

翁——孩子。喂，孩子！怎么不动了呢？

孩——（向东望着，）有谁走来了，看一看吧。

翁——不用看他。扶我进去吧。太阳要下去了。

孩——我——看一看。

翁——唉，你这孩子！天天看见天，看见土，看见风，还不够好看吗？什么也不比这些好看。你偏是要看谁。太阳下去时候出现的东西，不会给你什么好处的。……还是进去吧。

孩——可是，已经近来了。阿阿，是一个乞丐。

翁——乞丐？不见得吧。

（过客从东面的杂树间跄踉走出，暂时踌躇之后，慢慢地走近老翁去。）

客——老丈，你晚上好？

翁——阿，好！托福。你好？

客——老丈，我实在冒昧，我想在你那里讨一杯水喝。我走得渴极了。这地方又没有一个池塘，一个水洼。

翁——唔，可以可以。你请坐罢。（向女孩，）孩子，你拿水来，杯子要洗干净。

（女孩默默地走进土屋去。）

翁——客官，你请坐。你是怎么称呼的。

客——称呼？——我不知道。从我还能记得的时候起，我就只一个人，我不知道我本来叫什么。我一路走，有时人们也随便称呼我，各式各样，我也记不清楚了，况且相同的称呼也没有听到过第二回。

翁——阿阿。那么，你是从哪里来的呢？

客——（略略迟疑，）我不知道。从我还能记得的时候起，我就在这么走。

翁——对了。那么，我可以问你到哪里去吗？

客——自然可以。——但是，我不知道。从我还能记得的时候起，我就在这么走，要走到一个地方去，这地方就在前面。我单记得走了许多路，现在来到这里了。我接着就要走向那边去，（西指，）前面！

（女孩小心地捧出一个木杯来，递去。）

客——（接杯，）多谢，姑娘。（将水两口喝尽，还杯，）多谢，姑娘。这真是少有的好意。我真不知道应该怎样感谢！

翁——不要这么感激。这于你是没有好处的。

客——是的，这于我没有好处。可是我现在很恢复了些力气了。我就要前去。老丈，你大约是久住在这里的，你可知道前面是怎么一个所在么？

翁——前面？前面，是坟。

客——（诧异地，）坟？

孩——不，不，不的。那里有许多许多野百合、野蔷薇，我常常去玩，去看他们的。

客——（西顾，仿佛微笑，）不错。那些地方有许多许多野百合、野蔷薇，我也常常去玩过，去看过的。但是，那是坟。（向老翁，）老丈，走完了那坟地之后呢？

翁——走完之后？那我可不知道。我没有走过。

客——不知道？！

孩——我也不知道。

翁——我单知道南边；北边；东边，你的来路。那是我最熟悉的地方，也许倒是于你们最好的地方。你莫怪我多嘴，据我看来，你已经这么劳顿了，还不如回转去，因为你前去也料不定可能走完。

客——料不定可能走完？……（沉思，忽然惊起）那不行！我只得走。回到那里去，就没一处没有名目，没一处没有地主，没一处没有驱逐和牢笼，没一处没有皮面的笑容，没一处没有眶外的眼泪。我憎恶他们，我不回转去。

翁——那也不然。你也会遇见心底的眼泪，为你的悲哀。

客——不。我不愿看见他们心底的眼泪，不要他们为我的悲哀。

翁——那么，你，（摇头，）你只得走了。

客——是的，我只得走了。况且还有声音常在前面催促我，叫唤我，使我息不下。可恨的是我的脚早已经走破了，有许多伤，流了许多血。（举起一足给老人看，）因此，我的血不够了；我要喝些血。但血在哪里呢？可是我也不愿意喝无论谁的血。我只得喝些水，来补充我的血。一路上总有水，我倒也并不感到什么不足。只是我的力气太稀薄了，血里面太多了水的缘故吧。今天连一个小水洼也遇不到，也就是少走了路的缘故吧。

翁——那也未必。太阳下去了，我想，还不如休息一会的好吧，像我似的。

客——但是，那前面的声音叫我走。

翁——我知道。

客——你知道？你知道那声音吗？

翁——是的。他似乎曾经也叫过我。

客——那也就是现在叫我的声音吗？

翁——那我可不知道。他也就是叫过几声，我不理他，他也就不叫了，我也就记不清楚了。

客——唉唉，不理他……（沉思，忽然吃惊，倾听着，）不行！我还是走的好。我息不下。可恨我的脚早已经走破了。（准备走路。）

孩——给你！（递给一片布，）裹上你的伤去。

客——多谢，（接取，）姑娘。这真是……这真是极少有的好意。这能使我可以走更多的路。（就断砖坐下，要将布缠在踝上，）但是，不行！（竭力站起，）姑娘，还了你吧，还是裹不下。况且这太多的好意，我没法感激。

翁——你不要这么感激，这于你没有好处。

客——是的，这于我没有什么好处。但在我，这布施是最上的东西了。你看，我全身上可有这样的。

翁——你不要当真就是。

客——是的。但是我不能。我怕我会这样：倘使我得到了谁的布施，我就要像兀鹰看见死尸一样，在四近徘徊，祝愿她的灭亡，给我亲自看见；或者咒诅她以外的一切全都灭亡，连我自己，因为我就应该得到咒诅。但是我还没有这样的力量；即使有这力量，我也不愿意她有这样的境遇，因为她们大概总不愿意有这样的境遇。我想，这最稳当。（向女孩，）姑娘，你这布片太好，可是太小一点了，还了你吧。

孩——（惊惧，退后，）我不要了！你带走！

客——（似笑，）哦哦……因为我拿过了？

孩——（点头，指口袋，）你装在那里，去玩玩。

客——（颓唐地退后，）但这背在身上，怎么走呢？……

翁——你息不下，也就背不动。——休息一会，就没有什么了。

客——对咧，休息……（但忽然惊醒，倾听。）不，我不能！我还是走好。

翁——你总不愿意休息吗？

客——我愿意休息。

翁——那么，你就休息一会吧。

客——但是，我不能……

翁——你总还是觉得走好吗？

客——是的。还是走好。

翁——那么，你还是走好吧。

客——（将腰一伸，）好，我告别了。我很感激你们。（向着女孩，）姑娘，这还你，请你收回去。

（女孩惊惧，敛手，要躲进土屋里去。）

翁——你带去吧。要是太重了，可以随时抛在坟地里面的。

孩——（走向前，）阿阿，那不行！

客——阿阿，那不行的。

翁——那么，你挂在野百合野蔷薇上就是了。

孩——（拍手，）哈哈！好！

翁——哦哦……

（极暂时中，沉默。）

翁——那么，再见了。祝你平安。（站起，向女孩，）孩子，扶我进去吧。你看，太阳早已下去了。（转身向门。）

客——多谢你们。祝你们平安。（徘徊，沉思，忽然吃惊，）然而我不能！我只得走。我还是走好吧……（即刻昂了头，奋然向西走去。）

（女孩扶老人走进土屋，随即关了门。过客向野地里跄踉地闯进去，夜色跟在他后面。）

第五章
生活常像满引的弓弦，但我们需要有张有弛

人的力量，无论是属于身或属于心的，
用过了限度，必定由疲劳而衰竭，由衰竭而毁灭。
弓弦老是尽量地拉满不放松，结果必定是裂断。
我们中国人的生活常像满引的弓弦，
只图张的速效，不顾弛的蓄力，
所以常在身心俱惫的状态。

割胆记 / 梁实秋

“胆结石？没关系，小毛病，把胆割去就好啦！赶快到医院去。下午就开刀，三天就没事啦！”——这是我的一位好心的朋友听说我患胆结石之后对我所说的一番安慰兼带鼓励的话。假如这结石是生在别人的身上，我可以完全同意他的看法，可惜这结石是生在我的这只不争气的胆里，而我对于自己身上的任何零件都轻易不肯割爱。

一九六二年五月二十二日，我清晨照例外出散步，回来又帮着我的太太提了二十几桶水灌园浇花，也许劳累了些，随后就胃痛起来。这一痛，不似往常的普通胃痛，真正的是如剜如绞，在床上痛得翻跟头，竖蜻蜓，呼天抢地，死去活来。医生来，说是胆结石症（Cholelithiasis），打过针后镇定了一会，随后又折腾起来。熬过了一夜，第二天我就进了医院——中心诊所。

除了胃痛之外，我还微微发热，这是胆囊炎（Cholecystitis）的征象。在这情形之下，如不急剧恶化，宜先由内科治疗等到体温正常，健康复原之后再择机开刀。X 光照相显示，我的胆特别大，而且形状也特别，位置也异常。我的胆比平常人的大两三倍。通常是梨形，上小底大，我只是在越王勾践“卧薪尝胆图”上看见过。我的胆则形如扁桃。胆的位置是在腹部右上端，而我的胆位置较高，高三根肋骨的样子。我这扁桃形的胆囊，左边一半堆满了石头，右边一半也堆满了石头，数目无法计算。做外科手术，最要紧的是要确知患部的位置，而那位置最好是能相当暴露在容易动手处理的地方。我的胆的部位不太好。别人横斜着挨一刀，我可能要竖着再加上一刀，才能摘取下来。

感谢内科医师们，我的治疗进行得非常顺利，使紧急开刀成为不必需。七天后我出院了。医师嘱咐我，在体力恢复到最佳状态时，向外科报到。这是一个很令人为难的处境。如果在病发的那一天，立刻就予以宰割，没有话说，如今要我把身体养得好好的再去从容就义，那很不是滋味。这种外科手术叫作“间期手术”（Interval Operation），是比较最安全可靠的。但是对病人来讲，在精神上很紧张。

关心我的朋友们也开始紧张了。主张开刀派与主张不开刀派都言之成理，但是我没有法子能同时听从两面的主张。“去开刀吧，一劳永逸，若是不开也不一定就出乱子，可是有引起黄胆病的可能，也可能导致肝癌，而且开刀也很安全，有百分之九十几的把握。如果迁延到年纪再大些，开刀就不容易了……”这一套话很有道理。“要慎重些的好，能不开还是不开，年纪大的人要特别慎重，医师的话要听但亦不可全听，专家的知识可贵，常识亦不可忽视……”这套话也很中听。

这时节报纸上刊出西德新发明专治各种结石特效药的广告，不用开刀，吃下药去即可将结石融化，或使大者变小，小者排出体外。这种药实在太理想了！可是一细想这样神奇的药应该经由临床实验，应该由医学机构证明推荐，何必花费巨资在报纸上大登广告？良好的医师都不登广告，良好的药品似乎也无须大吹大擂。我不但未敢尝试，也未敢向医师提起这样的神药。

中医有所谓偏方，据说往往有奇效。四年前我发现有糖尿病，我明知道这病症是终身的，无法根治，但是好心的朋友们坚持要我喝玉米须煮的水，我喝了一百天，结果是病未好，不过也没有坏。这次我患胆石，从三个不同的来源来了三个偏方，核对之下内容完全一样，有一个特别注明为“叶天士秘方”。叶天士大名鼎鼎，无人不知，这秘方满天飞，算不得怎样秘了。处方如下：

白术二钱　白芍二钱　白扁豆二钱炒　黄芪二钱炙

茯苓二钱　甘草二钱　生姜五片　红枣二枚

就是不懂岐黄之术的人也可以看得出来这不是一服霸道的药。吃几服没有关系，有益无损，只怕叶天士未必肯承认是他的方子而已。

又有朋友老远地寄给我一包药草，说是山胞在高山采摘的专治结石的特效药，他的母亲为了随时行善特地在庭园栽植了满满的一畦。像是菊花叶似的，味苦。神农尝百草，不知他尝过这草没有。不过据说多少人都服了见效，一块块的石头都消灭于无形，病霍然愈。

各种偏方，无论中西，都能给怕开刀的人以精神上的安慰，有时也能给病人以灵验的感觉。因为像胆石这样的病，即使不服任何药物，也会渐渐平复下去，不过什么时候再来一次猛烈的袭击就不得而知。可能这一生永不再发，也可能一年半载之后又大发特发，甚至一发而不可收拾。所以拖延不是办法。或是冒险而开刀，或是不开刀而冒险，二者必取其一。我自内科治疗之后，体力复原很慢，一个月后体温始恢复正常，然后迁延复迁延，同时又等候着秋凉，而长夏又好像没有尽止似的燠热，秋凉偏是不来。这样的我熬过五个月，身体上没有什么苦痛，精神上可受了折磨。胆里含着一包石头，就和肚里怀着鬼胎差不多，使得人心里七上八下的不得安宁。好容易挨到十月底，凉风起天末，中心诊所的张先林主任也从美国回来了，我于二十二日入院接受手术。

二十二日那一天，天高气爽，我携带一个包袱，由我的太太陪着，准时于上午八点到达医院报到，好像是犯人自行投案一般。没有敢惊动朋友们，因为开刀的事无论如何也不能算是喜事，而且刀尚未开，谁也不敢说一定会演变成为丧事，既不在红白喜事之列，自然也不必声张。可是事后好多朋友都怪我事前没有通知。五个月前的旧地重游，好多的面孔都是熟识的。我的心情是很坦然的，来者不怕，怕者不来，既来则安之。我担心的是我的太太，我怕她受不住这一份紧张。

我对开刀是有过颇不寻常的经验的。二十年前我在四川北碚割盲肠，紧急开刀。临时把外科主任请来，他在发疟疾，满头大汗。那时候除了口服的Sulhnilamide之外还没有别的抗生素。手术室里蚊蝇乱舞，两位护士不住地挥动拍子防止蚊蝇在伤口下蛋。手术室里一灯如豆，而且手术正在进行时突然停电，幸亏在窗外伫立参观手术的一位朋友手里有一只二尺长的大型手电筒，借来使用了一阵。在这情形之下完成了手术，七天拆线，紧跟着发高热，白血球激增，呈昏迷现象，于是医师会诊，外科说是感染了内科病症，内科说是外科手术上出了毛病，结果是二度开刀打开看看以释群疑。一看之下，谁也没说什么，不再缝口，塞进一卷纱布，天天洗脓，足足仰卧了一个多月，半年后人才复原。所以提起开刀，我知道是怎样的滋味。

但是我忽略了一个事实。二十年来，医学进步甚为可观，而且此时此地的人才与设备，也迥异往昔。事实证明，对于开刀前前后后之种种顾虑，全是多余的。二十二日这一天，忙着做各项检验，忙得没有工夫去胡思乱想。晚上服一粒安眠药，倒头便睡。翌日黎明，又服下一粒 Morphine Atroprin，不大工夫就觉得有一点飘飘然，忽忽然，软趴趴的，懒洋洋的，好像是近于“不思善，不思恶”那样的境界，心里不起一点杂念，但是并不是湛然寂静，是迷离恍惚的感觉。就在这心理状态下，于七点三十分被抬进手术室。想象中的手术前之紧张恐怖，根本来不及发生。

剖腹，痛事也。手术室中剖腹，则不知痛为何物。这当然有赖于麻醉剂。局部麻醉，半身麻醉，全身麻醉，我都尝受过，虽然谈不上痛苦，但是也很不简单。我记得把乙醚（ether）扣在鼻子上，一滴一滴地往上加，弄得腮帮嘴角都湿漉漉的，嘴里“一、二、三……”应声数着，我一直数到三十几才就范，事后发现手腕扣紧皮带处都因挣扎反抗而呈淤血状态。我这一回接受麻醉，情形完全不同。躺在冰凉梆硬的手术台上，第一件事是把氧气管通到鼻子上，一阵清凉的新鲜空气喷射了出来，就好像是在飞机乘客座位旁边的通气设备一样。把氧气和麻醉剂同时使用是麻醉术一大进步，病人感觉至少有舒适之感。其次是打葡萄糖水，然后静脉注射一针，很快地就全身麻醉了，妙在不感觉麻醉药的刺激，很自然很轻松地不知不觉地丧失了知觉，比睡觉还更舒服。以后便是撬开牙关，把一根管子插入肺管，麻醉剂由这管子直接注入到肺里去，在麻醉师控制之下可以知道确实注入了多少麻醉剂，参看病人心脏的反应而予以适当调整。这其间有一项危险，不牢固的牙齿可能脱落而咽了下去；我就有两颗动摇的牙齿，多亏麻醉师王大夫（学仕）为我悉心处理，使我的牙齿一点也没受到影响。

手术是由张先林先生亲自实行的，由俞瑞璋、苑玉玺两位大夫协助。张先生的学识经验，那还用说？去年我的一位朋友患肾结石，也是张先生动的手术，他告诉我张先生的手不仅是快，而且巧。肉窟窿里面没有多少空间让手指周旋，但是他的几个手指在里面运用自如，单手就可以打个结子。我在八时正式开刀，十时抬回了病房。在我，这就如同睡了一觉，大梦初醒，根本不知过了多久，亦不知发生了什么事。猛然间听得耳边有人喊我，我醒了，只觉得腰腹之间麻木凝滞，好像是梆硬的一根大木橛子横插在身体里面，可是不痛。照例麻醉过后往往不由自主地吐真言。我第一句话据说是：“石头在哪里？石头在哪里？”由鼻孔里插进去抽取胃液的橡皮管子，像是一根通心粉，足足地抽了三十九小时才撤去，不是很好受的。

我的胆是已经割下来了，我的太太过去检观，粉红的颜色，皮厚有如猪肚，一层层地剖开，里面像石榴似的含着一大堆湿黏乌黑的石头。后来用水漂洗，露出淡赭色，上面有红蓝色斑点，石质并不太坚，一按就碎，大者如黄豆，小者如芝麻，大小共计一百三十三颗，装在玻璃瓶里供人参观。石块不算大，数目也不算多，多的可达数百块，而且颜色普通，没有鲜艳的色泽，也不清莹透彻，比起以戒定慧熏修而得的佛舍利，当然相差甚远。胆不是一个必备的器官，它的职务只是贮藏胆液并且使胆液浓缩，浓缩到八至十倍。里面既已充满石头，它的用处也就不大，割去也罢。高级动物大概都有胆，不过也有没有胆的，所以割去也无所谓。割去之后，立刻感觉到腹腔里不再东痛西痛。

朋友们来看我，我就把玻璃瓶送给他们看。他们的反应不尽相同，有的说：“哎哟，这么多石头，你看，早就该开刀，等了好几个月，多受了多少罪！”有的说：“哎哟，这么多石头，当然非开刀不可，吃药是化不了的！”有的说：“哎哟，这么多石头，可以留着种水仙花！”有的说：“哎哟，这么多石头，外科医师真是了不起！”随后便是我或繁或简地叙述割胆的经过，垂问殷勤则多说几句，否则少说几句。

第二天早晨，护士小姐催我起来走路。才坐起来便觉得头晕目眩，心悸气喘，勉强下床两个人搀扶着绕走了一周。但是第三天不需扶持了，第四天可以绕室数回，第五天可以外出如厕了。手术之后立即进行运动的办法，据说是由于我们中国伤兵在第二次世界大战中所表现的惊人的成效而确立的。我们的伤兵于手术之后不肯在床上僵卧，常常自由活动，结果恢复得特别快，这给了医务人员一个启示。不知这说法有无根据？

我在第九天早晨，大摇大摆地提着包袱走出医院，回家静养。一出医院大门，只见一片阳光，照耀得你睁不开眼，不禁暗暗叫道：“好漂亮的新鲜世界。”

谈休息 / 朱光潜

在世界各民族中，我们中国人要算是最能刻苦耐劳的。第一是农人。他们日出而作，日入而息，不分阴晴冷暖，总是硬着头皮，流着血汗，忙个不休。一年之中，他们最多只能在过年过节时歇上三五天，你如果住在乡下，常看他们在炎天烈日下车水拔草，挑重担推重车上高坡，或是拉牵绳拖重载船上急滩，你对他们会起敬心也会起怜悯心，觉得他们虽是人，却在做牛马的工作，过牛马的生活。读书人比较算是有闲阶级，但在未飞黄腾达以前，也要经过一番艰苦的奋斗。从前私塾学生从天亮到半夜，都有规定的课程，休息对于他们是一个稀奇的名词。小学生们只有在先生打瞌睡时偷耍一阵，万一先生不打瞌睡，就只有找借口逃学。从前读书人误会“自强不息”的意思，以为“不息”就是不要休息。十年不下楼、十年不窥园、囊萤刺股、发愤忘食之类的故事在读书人中传为美谈，奉为模范。近代学校教育比从前私塾教育似乎也并不轻松多少。从小学以至大学，功课都太繁重，每日除上六七小时课外还要看课本做练习。世界各国学校上课钟点之多，假期之短少，似没有比得上我们的。

这种刻苦耐劳的精神原可佩服，但是对于身心两方的修养却是极大的危害。最刻苦耐劳的是我们中国人，体格最羸弱而工作最不讲效率的也是我们中国人。这中间似不无密切关系。我们对于休息的重要性太缺乏彻底的认识了。它看来虽似小问题，却为全民族的生命力所关，不能不提出一谈。

自然界事物都有一个节奏。脉搏一起一伏，呼吸一进一出，筋肉一张一弛，以至日夜的更替，寒暑的往来，都有一个劳动和休息的道理在内。草木和虫豸在冬天要枯要眠，土壤耕种了几年之后须休息，连机器输电灯线也不能昼夜不息地工作。世间没有一件事物能在一个状态维持到久远的，生命就是变化，而变化都有一起一伏的节奏。跳高者为着跳得高，先蹲着很低；演戏者为着造成一个紧张的局面，先来一个轻描淡写；用兵者守如处女，才能出如脱兔；唱歌者为着要拖长一个高音，先须深深地吸一口气。事例是不胜枚举的。世间固然有些事可以违拗自然去勉强，但是勉强也有它的限度。人的力量，无论是属于身或属于心的，到用过了限度时，必定是由疲劳而衰竭，由衰竭而毁灭。譬如弓弦，老是尽量地拉满不放松，结果必定是裂断。我们中国人的生活常像满引的弓弦，只图张的速效，不顾弛的蓄力，所以常在身心俱惫的状态中。这是政教当局所必须设法改善的。

一般人以为多延长工作的时间就可以多收些效果，比如说，一天能走一百里路，多走一天，就可以多走一百里路，如此天天走着不歇，无论走得多久，都可以维持一百里的速度。凡是走过长路的人都知道这算盘打得不很精确，走久了不歇，必定愈走愈慢，以至完全走不动。我们走路的秘诀，“不怕慢，只怕站”，实在只有片面的真理。永远站着固然不行，永远不站也不一定能走得远，不站就须得慢，慢有时延误事机；而偶尔站站却不至于慢，站后再走是加速度的唯一办法。我们中国人做事的通病就在怕站而不怕慢，慢条斯理地不死不活地往前挨，说不做而做着并没有歇，说做却并没有做出什么名色来。许多事就这样因循耽误了。我们只讲工作而不讲效率，在现代社会中，不讲效率，就要落后。西方各国都把效率看成一个迫切的问题，心理学家对这问题做了无数的实验，所得的结论是，以同样时间去做同样工作，有休息的比没有休息的效率大得多。比如说，一长页的算学加法习题，继续不断地去做要费两点钟，如果先做五十分钟，继以二十分钟的休息，再做五十分钟，也还可以做完，时间上无损失而错误却较少。西方新式工厂大半都已应用这个原则去调节工作和休息的时间，结果工人的工作时间虽然少了，雇主的出品质量反而增加了。一般人以为休息是浪费时间，其实不休息的工作才真是浪费时间。此外还有精力的损耗更不经济。拿中国人与西方人相比，可工作的年龄至少有二十年的差别。我们到五六十岁就衰老无能为，他们那时还正年富力强，事业刚开始，这差别有多大！

休息不仅为工作蓄力，而且有时工作必须在休息中酝酿成熟。法国大数学家潘嘉赉研究数学上的难题，苦思不得其解，后来跑到街上闲逛，原来费尽气力不能解决的难题却于无意中就轻轻易易地解决了。据心理学家的解释，有意识作用的工作须得退到潜意识中酝酿一阵，才得着土生根。通常我们在放下一件工作之后，表面上似在休息，而实际上潜意识中那件工作还在进行。詹姆斯有"夏天学溜冰，冬天学泅水"的比喻。溜冰本来是前冬练习的，今夏无冰可溜，自然就想不到溜冰，算是在休息，但是溜冰的筋肉技巧却恰在此时凝固起来。泅水也是如此，一切学习都如此。比如我们学写字，用功甚勤，进步总是显得很慢，有时甚至越写越坏。但是如果停下一些时候再写，就猛然觉得字有进步。进步之后又停顿，停顿之后又进步，如此辗转多次，字才易写得好。习字需要停顿，也是因为要有时间让筋肉技巧在潜意识中酝酿凝固。习字如此，习其他技术也是如此。休息的工夫并不是白费的，它的成就往往比工作的成就更重要。

《佛说四十二章经》里有一段故事，戒人为学不宜操之过急，说得很好：

沙门夜诵迦叶佛教遗经，其声悲紧，思悔欲退。佛问之曰："汝昔在家，曾为何业？"对曰："爱弹琴。"佛言："弦缓如何？"对曰："不鸣矣。""弦急如何？"对曰："声绝矣。""急缓得中如何？"对曰："诸音普矣。"佛言："沙门学道亦然。心若调适，道可得矣。于道若暴，暴即身疲；其身若疲，意即生恼，意若生恼，行即退矣。"

我国先儒如程朱诸子教人为学，亦常力戒急迫，主张"优游涵泳"。这四字含有妙理，它所指的功夫是猛火煎后的慢火煨，紧张工作后的潜意识的酝酿。要"优游涵泳"，非有充分休息不可。大抵治学和治事，第一件要事是清明在躬，从容而灵活，常做得自家的主宰，提得起也放得下。急迫躁进最易误事。我有时写字或作文，在意兴不佳或微感倦怠时，手不应心，心里愈想好，而写出来的愈坏，在此时仍不肯丢下，带着几分气忿的念头勉强写下去，写成要不得就扯去，扯去重写仍是要不得，于是愈写愈烦躁，愈烦躁也就写得愈不像样。假如在发现神思不旺时立即丢开，在乡下散步，吸一口新鲜空气，看看蓝天绿水，陡然间心旷神怡，回头来再伏案做事，便觉精神百倍，本来做得很艰苦而不能成功的事，现在做起来却有手挥目送之乐，轻轻易易就做成了。不但作文写字如此，要想任何事做得好，做时必须精神饱满，工作成为乐事。一有倦怠或烦躁的意思，最好就把它搁下休息一会儿，让精神恢复后再来。

人须有生趣才能有生机。生趣是在生活中所领略得的快乐，生机是生活发扬所需要的力量。诸葛武侯所谓“宁静以致远”就包含生趣和生机两个要素在内，宁静才能有丰富的生趣和生机，而没有充分休息做优游涵泳的功夫的人们决难宁静。世间有许多过于辛苦的人，满身是尘劳，满腔是杂念，时时刻刻都为环境的需要所驱遣，如机械一般流转不息，自己做不得自己的主宰，呆板枯燥，没有一点生人之趣。这种人是环境压迫的牺牲者，没有力量抬起头来驾驭环境或征服环境，在事业和学问上都难有真正的大成就。我认识许多穷苦的农人、孜孜不辍的老学究和一天在办公室坐八小时的公务员，都令我起这种感想。假如一个国家里都充满着这种人，我们很难想象出一个光明世界来。

基督教《圣经》叙述上帝创造世界的经过，于每段工作完成之后都赘上一句说：“上帝看看他所做的事，看，每一件都很好！”到了第七天，上帝把他的工作都完成了，就停下来休息，并且加福于这第七天，因为在这一天他能够休息。这段简单的文字很可耐人寻味。我们不但需要时间工作，尤其需要时间对于我们所做的事回头看一看，看出它很好；并且工作完成了，我们需要一天休息来恢复疲劳的精神，领略成功的快慰。这一天休息的日子是值得“加福的”“神圣化的”（《圣经》里所用的字是 blessed and sanctified）。在现代紧张的生活中，我们“车如流水马如龙”地向前直滚，曾不留下一点时光做一番静观和回味，以至华严世相都在特别快车的窗子里滑了过去，而我们也只是轮回戏盘中的木人木马，有上帝的榜样在那里而我们不去学，岂不是浪费生命！

我生平最爱陶渊明在《自祭文》里所说的两句话：“勤靡余劳，心有常闲。”上句是尼采所说的狄奥尼索斯的精神，下句则是阿波罗的精神。动中有静，常保存自我主宰，这是修养的极境，人事算尽了，而神仙福分也就在尽人事中享着。现代人的毛病是“勤有余劳，心无偶闲”。这毛病不仅使生活索然寡味，身心俱惫，于事劳而无功，而且使人心地驳杂，缺乏冲和弘毅的气象，日日困于名缰利锁，叫整个世界日趋于干枯黑暗。但丁描写魔鬼在地狱中受酷刑，常特别着重“不停留”或“无间断”的字样。“不停留”“无间断”自身就是一种惩罚，甘受这种惩罚的人们是甘愿人间成为地狱，上帝的子孙们，让我们跟着他的榜样，加福于我们工作之后休息的时光啊！

割盲肠记 / 老舍

六月初来北碚，和赵清阁先生合写剧本——《桃李春风》。剧本草成，“热气团”就来了，本想回渝，因怕遇暑而止。过午，室中热至百另三四度，乃早五时起床，抓凉儿写小说。原拟写个中篇，约四万字。可是，越写越长，至九月中已得八万余字。秋老虎虽然还很厉害，可是早晚到底有些凉意，遂决定在双十节前后赶出全篇，以便在十月中旬回渝。

有什么样的环境，才有什么样的神经过敏。因为巴蜀“摆子”猖狂，所以我才身上一冷，便马上吃昆宁。同样的，朋友们有许多患盲肠炎的，所以我也就老觉得难免一刀之苦。在九月末旬，我的右胯与肚脐之间的那块地方，开始有点发硬；用手摸，那里有一条小肉岗儿。“坏了！”我自己放了警报，“盲肠炎！”赶紧告诉了朋友们，即使是谎报，多骗取他们一点同情也怪有意思！

朋友们的回答几乎是一致的——神经过敏！我申说部位是对的，并且量给他们看，怎奈他们还不信。我只好以自己的医学知识丰富自慰，别无办法。

过了两天，肚中的硬结依然存在。并且作了个割盲肠的梦！把梦形容给萧伯青兄。他说：恐怕是下意识的警告！第二天夜里，一夜没睡好，硬的地方开始一窝一窝的疼，就好像猛一直腰，把肠子或别处扯动了那样。一定是盲肠炎了！我静候着发烧，呕吐，和上断头台！可是，使我很失望，我并没有发烧，也没有呕吐！到底是怎回事呢？

十月四日，我去找赵清阁先生。她得过此病，一定能确切指示我。她说，顶好去看看医生。她领我上了江苏医学院的附设医院。很巧，外科刘主任（玄三）正在院里。他马上给我检查。

“是！”刘主任说。

“暂时还不要紧吧？”我问。我想写完了小说和预支了一些稿费的剧本，再来受一刀之苦。

“不忙！慢性的！”刘主任真诚而和蔼地说。他永远真诚，所以绰号人称刘好人。

我高兴了。并非为可以缓期受刑，而是为可以先写完小说与剧本——文艺第一，盲肠次之！

可是，当我告辞的时候，刘主任把我叫住："看看白血球吧！"

一位穿白褂子的青年给我刺了"耳朵眼"。验血。结果：一万好几百！刘主任吸了口气："马上割吧！"我的胸中恶心了一阵，头上出了凉汗。我不怕开刀，可是小说与剧本都急待写成啊！特别是那个剧本，我已预支了三千元的稿费！同时，在顷刻之间，我又想到：白血球既然很多，想必不妙，为何等着受发烧呕吐等等苦楚来到再受一刀之苦呢？一天不割，便带着一天的心病，何不从早解决呢？

"几时割？"我问。心中很闹得慌，像要吐的样子。

"今天下午！"

随着刘主任，我去交了费，定了房间。

没有吃午饭。托青兄给买了一双新布鞋，因为旧的一双的底子已经有很大的窟窿。心里说：穿新鞋子入医院，也许更能振作一些。

下午一时。自己提着布袋，去找赵先生。二时，她送我入院——她和大夫护士们都熟识。

房间很窄，颇像个棺材。可是，我的心中倒很平静，顺口答音的和大家说笑，护士们来给我打针敷消毒药，腰间围了宽布。诸事齐备，我轻轻地走入手术室，穿着新鞋。

屈着身。吴医生给我的脊梁上打了麻醉针。不很疼。护士长是德州的护士学校毕业的。她还认识我：在她毕业的时候，我正在德州讲演。这已是十年前的事了。她低声地说："舒先生，不怕啊！"我没有怕，我信任西医！况且割盲肠是个小手术。朋友们——老向，萧伯青，萧亦五，清阁，李佩珍……都在窗外"偷"看呢，我更得扎挣着点！

下部全麻了。刘主任进来。吱——腹上还微微觉到疼。"疼啊！"我报告了一声。"不要紧！"刘主任回答。腹里捣开了乱，我猜想：刘主任的手大概是伸进去了。我不再出声。心中什么也不想。我以为这样老实的受刑，盲肠必会因受感动而也许自动地跳出来。

不过，盲肠到底是"盲肠"，不受感动！麻醉的劲儿朝上走，好像用手推着我的胃；胃部烧得非常的难过，使我再也不能忍耐。吐了两口。"胃里烧得难过呀！"我喊出来。"忍着点！马上就完！"刘主任说。我又忍着，我听得见刘主任的声音："擦汗！""小肠！""放进去！""拿钩了！""摘眼镜！"……我心里说："坏了！找不到！"我问了："找到没有？"刘主任低切地回答："马上找到！不要出声！"

窗外的朋友们比我还着急："坏了！莫非盲肠已经烂掉？"

我机械的，一会儿一问："找到没有？"而得到的回答只是："莫出声！"

苦了刘主任与助手们，室内没有电灯。两位先生立在小凳上，打着电棒。夹伤口的先生们，正如打电棒的始终不能休息片刻。整整一个钟头！

一个钟头了，盲肠还未露面！

我的鼻子上来了点怪味。大概是吴医生的声音："数一二三四！"我数了好几个一二三四，声音相当的响亮。末了，口中一噎，就像刮大风在城门洞中喝了一大口风似的我睡过去，生命成了空白。

睁开眼，我恍惚地记得梁实秋先生和伯青兄在屋中呢。其实屋中有好几位朋友，可是我似乎没有看见他们。在这以前，据朋友们告诉我，我已经出过声音，我自己一点也不记得。我的第一声是高声地喊王抗——老向的小男孩。也许是在似醒非醒之中，我看见王抗翻动我的纸笔吧，所以我大声地呼叱他；我完全记不得了。第二次出声是说了一串中学时的同学的外号：老向，范烧饼，闪电手，电话西局……弄得大家都莫名其妙。生命在这时候是一片云雾，在记忆中飘来飘去，偶然的露出一两个星星。

再睁眼，我看见刘主任坐在床沿上。我记得问他“找到没有？割了吗？”这两个问题，在好几个钟头以内始终在我的口中，因为我只记得全身麻醉以前的事。

我忘了我是在病房里，我以为我是在伯青的屋中呢。我问他：“为什么我躺在这儿呢？这里多么窄小啊！”经他解释一番，我才想起我是入了医院。生命中有一段空白，也怪有趣！

一会儿，我清醒，一会儿又昏迷过去。生命像春潮似的一进一退。清醒了，我就问：找到了吗？割去了吗？

口中的味道像刚喝过一加仑汽油，出气的时候，心中舒服？吸气的时候，觉得昏昏沉沉。生命好像悬在这一呼一吸之间。

胃里作烧，脊梁酸痛，右腿不能动，因打过了一瓶盐水。不好受。我急躁，想要跳起来。苦痛而外，又有一种渺茫之感，比苦痛还难受。不管是清醒，还是昏迷着，我老觉得身上丢失了一点东西。我用手去摸。像摸钱袋或要物在身边没有那样。摸不到什么，我于失望中想起：噢，我丢失的是一块病。可是，这并不能给我安慰，好像即使是病也不该遗失；生命是全的，丢掉一根毫毛也不行！这时候，自怜与自叹控制住我自己，我觉得生命上有了伤痕，有了亏损！已经一天没吃东西；现在，连开水也不准喝一口——怕引起呕吐而震动伤口。我并不觉得怎样饥渴。胃中与脊梁上难过比饥渴更利害，可是也还挣扎去忍受。真正恼人的倒是那点渺茫之感。我没想到死，也没盼祷赶快痊愈，我甚至于忘记了赶写小说那回事。我只是飘飘摇摇地感到不安！假若他们把割下的盲肠摆在我的面前，我也许就可以捉到一点什么而安心去睡觉。他们没有这样做。我呢，就把握不到任何实际的东西，而惶惑不安。我失去了自信，不知道自己是干什么呢！因此我烦躁，发脾气，苦了看守我的朋友！

老向，璧如，伯青，齐致贤，席微膺诸兄轮流守夜；李佩珍小姐和萧亦五兄白天亦陪伴。我不知道怎样感激他们才好！医院中的护士不够用，饭食很苦，所以非有人招呼我不可。

体温最高的时候只到三十八度，万幸！虽然如此，我的唇上的皮还干裂得脱落下来，眼底有块青点，很像四眼狗。

最难过的是最初的三天。时间，在苦痛里，是最忍心的；多慢哪！每一分钟都比一天还长！到第四天，一切都换了样子；我又回到真实的世界上来，不再悬挂在梦里。

本应当十天可以出院，可是住了十六天，缝伤口的线粗了一些，不能完全消化在皮肉里；没有成脓，但是汪儿黄水。刘主任把那节不愿永远跟随着我的线抽了出来，腹上张着个小嘴。直到这小嘴完全干结我才出院。

神经过敏也有它的好处。假若我不“听见风就是雨”，而不去检查，一旦爆发，我也许要受很大的苦楚。我的盲肠部位不对。不知是何原因，它没在原处，而跑到脐的附近去，所以急得刘主任出了好几身大汗。假若等到它汇了脓再割，岂不很危险？我感谢医生们和朋友们，我似乎也觉得感谢自己的神经过敏！引为遗憾的也有二事：（一）赵清阁先生与我合写的《桃李春风》在渝上演，我未能去看。（二）家眷来渝，我也未能去迎接。我极想看到自己的妻与儿女，可是一度神经过敏教我永远不会粗心大意，我不敢冒险！

吸烟 / 梁实秋

烟，也就是菸，译音曰淡巴菰。这种毒草，原产于中南美洲，遍传世界各地。到明朝，才传进中土。利马窦在明万历年间以鼻烟入贡。后来鼻烟就风靡了朝野。在欧洲，鼻烟是放在精美的小盒里，随身携带。吸时，以指端蘸鼻烟少许，向鼻孔一抹，猛吸之，怡然自得。我幼时常见我祖父辈的朋友不时地在鼻孔处抹鼻烟，抹得鼻孔和上唇都染上焦黄的颜色。据说能明目祛疾，谁知道？我祖父不吸鼻烟，可是备有“十三太保”，十二个小瓶环绕一个大瓶，瓶口紧包着一块黄褐色的布，各瓶品味不同，放在一个圆盘里，捧献在客人面前。我们中国人比欧人考究，随身携带鼻烟壶，玉的、翠的、玛瑙的、水晶的，精雕细镂，形状百出。有的山水图画是从透明的壶里面画的，真是鬼斧神工，不知是如何下笔的。壶有盖，盖下有小勺匙，以勺匙取鼻烟置一小玉垫上，然后用指端蘸而吸之。我家藏有鼻烟壶数十，丧乱中只带出了一个翡翠盖的白玉壶，里面还存了小半壶鼻烟，百余年后，烈味未除，试嗅一小勺，立刻连打喷嚏不能止。

我祖父抽旱烟，一尺多长的烟管，翡翠的烟嘴，白铜的烟袋锅（烟袋锅子是塾师敲打学生脑壳的利器，有过经验的人不会忘记）。著名的关东烟的烟叶子贮在一个绣花的红缎子葫芦形的荷包里。有些旱烟管四五尺长，若要点燃烟袋锅子里的烟草，则人非长臂猿，相当吃力，一时无人伺候则只好自己划一根火柴插在烟袋锅里，然后急速掉过头来抽吸。普通的旱烟管不那样长，那样长的不容易清洗。烟袋锅子里积的烟油，常用以塞进壁虎的嘴巴置之于死。

我祖母抽水烟。水烟袋仿自阿拉伯人的水烟筒（hookah），不过我们中国制造的白铜水烟袋，形状乖巧得多。每天需要上下抖动的冲洗，呱哒呱哒的响。有一种特制的烟丝，兰州产，比较柔软。用表心纸柔纸媒儿，常是动员大人孩子一齐动手，成为一种乐事。经常保持一两只水烟袋做敬客之用。我记得每逢家里有病人，延请名医周立桐来看病，这位飘着胡须的老者总是昂首登堂直就后园的上座，这时候送上盖碗茶和水烟袋，老人拿起水烟袋，装上烟草，突的一声吹燃了纸媒儿，呼噜呼噜抽上三两口，然后抽出烟袋管，把里面燃过的烟烬吹落在他自己的手心里，再投入面前的痰盂，而且投得准。这一套手法干净利落。抽过三五袋之后，呷一口茶，才开始说话：“怎么？又是哪一位不舒服啦？”每次如此，活龙活现。

我父亲是饭后照例一支雪茄，随时补充纸烟，纸烟的铁罐打开来，嘶的一声响，先在里面的纸签上写启用的日期，借以察考每日消耗数量不使过高。雪茄形似飞艇，尖端上打个洞，叼在嘴里真不雅观，可是气味芬芳。纸烟中高级者都是舶来品，中下级者如强盗牌在民国初风行一时，稍后如白锡包、粉包、国产的联珠、前门等等，皆为一般人所乐用。就中以粉包为特受欢迎的一种。因其烟支之粗细松紧正合吸海洛因者打“高射炮”之用。儿童最喜欢收集纸烟包中附置的彩色画片，好像是前门牌吧，附置的画片是水浒传一百零八条好汉的画像，如有人能搜集全套，可得什么什么的奖品，一时儿童们趋之若鹜。可怜那些热心的集者，枉费心机，等了多久多久，那位及时雨宋公明就是不肯亮相！是否有人集得全套，只有天知道了。

常言道，“烟酒不分家”，抽烟的人总是桌上放一罐烟，客来则敬烟，这是最起码的礼貌。可是到了抗战时期，这情形稍有改变。在后方，物资艰难，只有特殊人物才能从怀里掏出“幸运”“骆驼”“三五”“毛利斯”在侪辈面前炫耀一番，只有豪门仕女才能双指夹着一支细长的红嘴的“法蒂玛”忸怩作态。一般人吸的是“双喜”，等而下之的便要数“狗屁牌”（Cupid）香烟了。这亵渎爱神名义的纸烟，气味如何自不待言，奇的是卷烟纸上有涂抹不匀的硝，吸的时候会像儿童玩的烟火“滴滴金”，劈劈啪啪的作响、冒火星，令人吓一跳。饶是烟质不美，瘾君子还是不可一日无此君，而且通常是人各一包深藏在衣袋里面，不愿人知是何品牌，要吸时便伸手入袋，暗中摸索，然后突的抽出一支，点燃之后自得其乐。一听烟放在桌上任人取吸，那种场面不可复见。直到如今，大家元气稍复，敬烟之事已很寻常，但是开放式的一罐香烟经常放在桌上，仍不多见。

我吸纸烟始自留学时期，独身在外，无人禁制，而天涯羁旅，心绪如麻，看见别人吞云吐雾，自己也就效颦起来。此后若干年，由一日一包，而一日两包，而一日一听。约在二十年前，有一天心血来潮，我想试一试自己有多少克己的力量，不妨先从戒烟做起。马克·吐温说过：“戒烟是很容易的事，我一年戒过好几十次了。”我没有选择黄道吉日，也没有诹访室人，闷声不响地把剩余的纸烟一股脑儿丢在垃圾堆里，留下烟嘴、烟斗、烟包、打火机，以后分别赠给别人，只是烟灰缸没有抛弃。“冷火鸡”的戒烟法不大好受，一时间手足失措，六神无主，但是工作实在太忙，要发烟瘾没得工夫，实在熬不过就吃一块巧克力。巧克力尚未吃完一盒，又实在腻胃，于是把巧克力也戒掉了。说来惭愧，我戒烟只此一遭，以后一直没有再戒过。

吸烟无益，可有很多人都说“不为无益之事何以遣有涯之生？”而且无益之事有很多是有甚于吸烟者，所以吸烟或不吸烟，应由各人自行权衡决定。有一个人吸烟，不知是为特技表演，还是为节省买烟钱，经常猛吸一口烟咽下肚，绝不污染体外的空气，过了几年此人染了肺癌。我吸了几十年烟，最后才改吸不花钱的新鲜空气。如果在公共场所遇到有人口里冒烟，甚或直向我的面前喷射毒雾，我便退避三舍，心里暗自咒诅：“我过去就是这副讨人嫌恶的样子！”

和容先生的戒烟 / 老舍

首先要声明：这里所说的烟是香烟，不是鸦片。

从武汉到重庆，我老同何容先生在一间屋子里，一直到前年八月间。在武汉的时候，我们都吸“大前门”或“使馆”牌；大小“英”似乎都不够味儿。到了重庆，小大“英”似乎变了质，越来越“够”味儿了，“前门”与“使馆”倒仿佛没了什么意思。慢慢的，“刀”牌与“哈德门”又变成我们的朋友，而与小大“英”，不管是谁的主动吧，好像冷淡得日甚一日，不久，“刀”牌与“哈德门”又与我们发生了意见，差不多要绝交的样子，何容先生就决心戒烟！

在他戒烟之前，我已声明过：“先上吊，后戒烟！”本来吗，“弃妇抛雏”的流亡在外，吃不敢进大三元，喝也不过是清一色

（黄酒贵，只好吃点白干），女友不敢去交，男友一律是穷光蛋，住是二人一室，睡是臭虫满床，再不吸两支香烟，还活着干吗？可是，一看何容先生戒烟，我到底受了感动，既觉自己无勇，又钦佩他的伟大；所以，他在屋里，我几乎不敢动手取烟，以免动摇他的坚决！

何容先生那天睡了十六个钟头，一支烟没吸！醒来，已是黄昏，他便独自走出去。我没敢陪他出去，怕不留神递给他一支烟，破了戒！掌灯之后，他回来了，满面红光，含着笑，从口袋中掏出一包土产卷烟来。“你尝尝这个，”他客气地让我，“才一个铜板一支！有这个，似乎就不必戒烟了！没有必要！”把烟接过来，我没敢说什么，怕伤了他的尊严。面对面的，把烟燃上，我俩细细地欣赏。头一口就惊人，冒的是黄烟，我以为他误把爆竹买来了！听了一会儿，还好，并没有爆炸，就放胆继续地吸。吸了不到四五口，我看见蚊子都争着向外边飞，我很高兴。既吸烟，又驱蚊，太可贵了！再吸几口之后，墙上又发现了臭虫，大概也要搬家，我更高兴了！吸到了半支，何容先生与我也跑出去了，他低声地说：“看样子，还得戒烟！”

何容先生二次戒烟，有半天之久。当天的下午，他买来了烟斗与烟叶。“几毛钱的烟叶，够吃三四天的，何必一定戒烟呢！”

他说。吸了几天的烟斗，他发现了：（一）不便携带；（二）不用力，抽不到：用力，烟油射在舌头上；（三）费洋火；（四）须天天收拾，麻烦！有此四弊，他就戒烟斗，而又吸上香烟了。“始作卷烟者。其无后乎！”他说。

近二年，何容先生不知戒了多少次烟了，而指头上始终是黄的。

病后杂谈（节选）/ 鲁迅

生一点病，的确也是一种福气。不过这里有两个必要条件：一要病是小病，并非什么霍乱吐泻，黑死病，或脑膜炎之类；二要至少手头有一点现款，不至于躺一天，就饿一天。这二者缺一，便是俗人，不足与言生病之雅趣的。

我曾经爱管闲事，知道过许多人，这些人物，都怀着一个大愿。大愿，原是每个人都有的，不过有些人却模模糊糊，自己抓不住，说不出。他们中最特别的有两位：一位是愿天下的人都死掉，只剩下他自己和一个好看的姑娘，还有一个卖大饼的；另一位是愿秋天薄暮，吐半口血，两个侍儿扶着，恹恹地到阶前去看秋海棠。这种志向，一看好像离奇，其实却照顾得很周到。第一位姑且不谈他吧，第二位的“吐半口血”，就有很大的道理。才子本来多病，但要“多”，就不能重，假使一吐就是一碗或几升，一个人的血，能有几回好吐呢？过不几天，就雅不下去了。

我一向很少生病，上月却生了一点点。开初是每晚发热，没有力，不想吃东西，一礼拜不肯好，只得看医生。医生说是流行性感冒。好吧，就是流行性感冒。但过了流行性感冒一定退热的时期，我的热却还不退。医生从他那大皮包里取出玻璃管来，要取我的血液，我知道他在疑心我生伤寒病了，自己也有些发愁。然而他第二天对我说，血里没有一粒伤寒菌；于是注意地听肺，平常；听心，上等。这似乎很使他为难。我说，也许是疲劳吧；他也不甚反对，只是沉吟着说，但是疲劳的发热，还应该低一点。……好几回检查了全体，没有死症，不至于呜呼哀哉是明明白白的，不过是每晚发热、没有力、不想吃东西而已，这真无异于“吐半口血”，大可享生病之福了。因为既不必写遗嘱，又没有大痛苦，然而可以不看正经书，不管柴米账，玩他几天，名称又好听，叫作“养病”。从这一天起，我就自己觉得好像有点儿“雅”了；那一位愿吐半口血的才子，也就是那时躺着无事，忽然记了起来的。

光是胡思乱想也不是事，不如看点不劳精神的书，要不然，也不成其为“养病”。像这样的时候，我赞成中国纸的线装书，这也就是有点儿“雅”起来了的证据。洋装书便于插架，便于保存，现在不但有洋装二十五六史，连《四部备要》也硬领而皮靴了——原是不为无见的。但看洋装书要年富力强，正襟危坐，有严肃的态度。假使你躺着看，那就好像两只手捧着一块大砖头，不多工夫，就两臂酸麻，只好叹一口气，将它放下。所以，我在叹气之后，就去寻线装书。一寻，寻到了久不见面的《世说新语》之类一大堆，躺着来看，轻飘飘的毫不费力了，魏晋人的豪放潇洒的风姿，也仿佛在眼前浮动。由此想到阮嗣宗的听到步兵厨善于酿酒，就求为步兵校尉；陶渊明的做了彭泽令，就教官田都种秫，以便做酒，因了太太的抗议，这才种了一点秔。这真是天趣盎然，决非现在的“站在云端里呐喊”者们所能望其项背。但是，“雅”要想到适可而止，再想便不行。例如阮嗣宗可以求做步兵校尉，陶渊明补了彭泽令，他们的地位，就不是一个平常人，要“雅”，也还是要地位。“采菊东篱下，悠然见南山”是渊明的好句，但我们在上海学起来可就难了。没有南山，我们还可以改作“悠然见洋房”或“悠然见烟囱”的，然而要租一所院子里有点竹篱，可以种菊的房子，租钱就每月总得一百两，水电在外；巡捕捐按房租百分之十四，每月十四两。单是这两项，每月就是一百十四两，每两作一元四角算，等于一百五十九元六。近来的文稿又不值钱，每千字最低的只有四五角，因为是学陶渊明的雅人的稿子，现在算他每千字三大元罢，但标点、洋文、空白除外。那么，单单为了采菊，他就得每月译作净五万三千二百字。吃饭呢？要另外想法子生发，否则，他只好“饥来驱我去，不知竟何之”了。

“雅”要地位，也要钱，古今并不两样的，但古代的买雅，自然比现在便宜；办法也并不两样，书要摆在书架上，或者抛几本在地板上，酒杯要摆在桌子上，但算盘却要收在抽屉里，或者最好是在肚子里。

此之谓“空灵”。

往事如“烟” / 冯骥才

从家族史的意义上说，抽烟没有遗传。虽然我父亲抽烟，我也抽过烟，但在烟上我们没有基因关系。我曾经大抽其烟，我儿子却绝不沾烟，儿子坚定地认为不抽烟是一种文明。看来个人的烟史是一段绝对属于自己的人生故事。而且在开始成为烟民时，就像好小说那样，各自还都有一个“非凡”的开头。

记得上小学时，我做肺部的X光透视检查。医生一看我肺部的影像，竟然朝我瞪大双眼，那神气好像发现了奇迹。他对我说：“你的肺简直跟玻璃的一样，太干净太透亮了。记住，孩子，长大可绝对不要吸烟！”

可是，后来步入艰难的社会。我从事仿制古画的单位被撤销。我必须为一家塑料印刷的小作坊跑业务，天天沿街钻进一家家工厂去寻找活计。而接洽业务，打开局面，与对方沟通，先要敬上一支烟。烟是市井中一把打开对方大门的钥匙。可最初我敬上烟时，却只是看着对方抽，自己不抽。这样反而倒有些尴尬。敬烟成了生硬的“送礼”。于是，我便硬着头皮开始了抽烟的生涯。为了敬烟而吸烟。应该说，我抽烟完全是被迫的。

儿时，那位医生叮嘱我的话，那句金玉良言，我至今未忘。但生活的警句常常被生活本身击碎。因为现实总是至高无上的。甚至还会叫真理甘拜下风。当然，如果说起我对生活严酷性的体验，这还只是九牛一毛呢！

古人以为诗人离不开酒，酒后的放纵会给诗人招来意外的灵感；今人以为作家的写作离不开烟，看看他们写作时脑袋顶上那纷纭缭绕的烟缕，多么像他们头脑中翻滚的思绪啊。但这全是误解！好的诗句都是在清明的头脑中跳跃出来的；而“无烟作家”也一样写出大作品。

他们并不是为了写作才抽烟。他们只是写作时也要抽烟而已。

真正的烟民全都是无时不抽的。

他们闲时抽，忙时抽；舒服时抽，疲乏时抽；苦闷时抽，兴奋时抽；一个人时抽，一群人更抽；喝茶时抽，喝酒时抽；饭前抽几口，饭后抽一支；睡前抽几口，醒来抽一支。右手空着时用右手抽，右手忙着时用左手抽。如果坐着抽，走着抽，躺着也抽，那一准是头一流的烟民。记得我在自己烟史的高峰期，半夜起来还要点上烟，抽半支，再睡。我们误以为烟有消闲、解闷、镇定、提神和助兴的功能，其实不然。对于烟民来说，不过是这无时不伴随着他们的小小的烟卷，参与了他们大大小小一切的人生苦乐罢了。

我至今记得，那时父亲总躲在屋角不停地抽烟。那个浓烟包裹着的一动不动的蜷曲的身影，是我见到过的世间最愁苦的形象。烟，到底是消解了还是加重他的忧愁和抑郁？

那么，人们的烟瘾又是从何而来？

烟瘾来自烟的魅力。我看烟的魅力，就是在你把一支雪白和崭新的烟卷从烟盒抽出来，性感地夹在唇间，点上，然后深深地将雾化了的带着刺激性香味的烟丝吸入身体而略感精神一爽的那一刻。即抽第一口烟的那一刻。随后，便是这吸烟动作的不断重复。而烟的魅力在这不断重复的吸烟中消失。

其实，世界上大部分事物的魅力，都在这最初接触的那一刻。

我们总想去再感受一下那一刻，于是就有了瘾。所以说，烟瘾就是不断燃起的“抽上一口”——也就是第一口烟的欲求。这第一口之后再吸下去，就成了一种毫无意义的习惯性的行为。我的一位好友张贤亮深谙此理，所以他每次点上烟，抽上两三口，就把烟按死在烟缸里。有人说，他才是最懂得抽烟的。他抽烟一如赏烟。并说他是“最高品位的烟民”。但也有人说，这第一口所受尼古丁的伤害最大，最具冲击性，所以笑称他是“自残意识最清醒的烟鬼”。但是，不管怎么样，烟最终留给我们的是发黄的牙和夹烟卷的手指，熏黑的肺，咳嗽和痰喘，还有难以谢绝的烟瘾本身。

父亲抽了一辈子烟。抽得够凶。他年轻时最爱抽英国老牌的“红光”，后来专抽“恒大”。“文革”时发给他的生活费只够吃饭，但他还是要挤出钱来，抽一种军绿色封皮的最廉价的“战斗牌”纸烟。如果偶尔得到一支“墨菊”“牡丹”，便像中了彩那样，立刻眉开眼笑。这烟一直抽得他晚年患“肺气肿”，肺叶成了筒形，呼吸很费力，才把烟扔掉。

十多年前，我抽得也凶，尤其是写作中。我住在北京人民文学出版社写长篇时，四五个作家挤在一间屋里，连写作带睡觉。我们全抽烟。天天把小屋抽成一片云海。灰白色厚厚的云层静静地浮在屋子中间。烟民之间全是有福同享。一人有烟大家抽，抽完这人抽那人。全抽完了，就趴在地上找烟头。凑几个烟头，剥出烟丝，撕一条稿纸卷上，又是一支烟。可有时晚上躺下来，忽然害怕桌上烟火未熄，犯起了神经质，爬起来查看查看，还不放心。索性把新写的稿纸拿到枕边，怕把自己的心血烧掉。

烟民做到这个份儿，后来戒烟的过程必然十分艰难。单用意志远远不够，还得使出各种办法对付自己。比方，一方面我在面前故意摆一盒烟，用激将法来捶打自己的意志，一方面，在烟瘾上来时，又不得不把一支不装烟丝的空烟斗叼在嘴上。好像在戒奶的孩子的嘴里塞上一个奶嘴，致使来访的朋友们哈哈大笑。

只有在戒烟的时候，才会感受到烟的厉害。

最厉害的事物是一种看不见的习惯。当你与一种有害的习惯诀别之后，又找不到新的事物并成为一种习惯时，最容易出现的便是返回去。从生活习惯到思想习惯全是如此。这一点也是我在小说《三寸金莲》中“放足”那部分着意写的。

如今我已经戒烟十年有余。屋内烟消云散，一片清明，空气里只有观音竹细密的小叶散出的优雅而高逸的气息。至于架上的书，历史的界线更显分明；凡是发黄的书脊，全是我吸烟时代就立在书架上的；此后来者，则一律鲜明夺目，毫无污染。今天，写作时不再吸烟，思维一样灵动如水，活泼而光亮。往往看到电视片中出现一位奋笔写作的作家，一边皱眉深思，一边喷云吐雾，我会哑然失笑。并庆幸自己已然和这种糟糕的样子永久地告别了。

一个边儿磨毛的皮烟盒，一个老式的有机玻璃烟嘴，陈放在我的玻璃柜里。这是我生命的文物。但在它们成为文物之后，所证实的不仅仅是我做过烟民的履历，它还会忽然鲜活地把昨天生活的某一个画面唤醒，就像我上边描述的那种种的细节和种种的滋味。

去年我去北欧，在爱尔兰首都都柏林的一个小烟摊前，忽然一个圆形红色的形象跳到眼中。我马上认出这是父亲半个世纪前常抽的那种英国名牌烟“红光”。一种十分特别和久违的亲切感拥到我的身上。我马上买了一盒。回津后，在父亲祭日那天，用一束淡雅的花衬托着，将它放在父亲的墓前。这一瞬竟叫我感到了父亲在世一般的音容，很生动，很贴近。这真是奇妙的事！虽然我明明知道这烟曾经有害于父亲的身体，在父亲活着的时候，我希望彻底撇掉它。但在父亲离去后，我为什么又把它十分珍惜地自万里之外捧了回来？

我明白了，这烟其实早已经是父亲生命的一部分。

从属于生命的事物，一定会永远地记忆着生命的内容。特别是在生命消失之后。我这句话是广义的。

物本无情，物皆有情。这两句话中间的道理便是本文深在的主题。

多鼠斋杂谈 / 老舍

一　戒酒

并没有好大的量，我可是喜欢喝两杯儿。因吃酒，我交下许多朋友——这是酒的最可爱处。大概在有些酒意之际，说话做事都要比平时豪爽真诚一些，于是就容易心心相印，成为莫逆。人或者只在“喝了”之后，才会把专为敷衍人用的一套生活八股抛开，而敢露一点锋芒或“谬论”——这就减少了我脸上的俗气，看着红扑扑的，人有点样子！

自从在社会上做事至今的廿五六年中，虽不记得一共醉过多少次，不过，随便的一想，便颇可想起“不少”次丢脸的事来。所谓丢脸者，或者正是给脸上增光的事，所以我并不后悔。酒的坏处并不在撒酒疯，得罪了正人君子——在酒后还无此胆量，未免就太可怜了！酒的真正的坏处是它伤害脑子。

“李白斗酒诗百篇”是一位诗人赠另一位诗人的夸大的谀赞。据我的经验，酒使脑子麻木、迟钝、并不能增加思想产物的产量。即使有人非喝醉不能作诗，那也是例外，而非正常。在我患贫血病的时候，每喝一次酒，病便加重一些；未喝的时候若患头“昏”，喝过之后便改为“晕”了，那妨碍我写作！

对肠胃病更是死敌。去年，因医治肠胃病，医生严嘱我戒酒。从去岁十月到如今，我滴酒未入口。

不喝酒，我觉得自己像哑巴了：不会嚷叫，不会狂笑，不会说话！啊，甚至于不会活着了！可是，不喝也有好处，肠胃舒服，脑袋昏而不晕，我便能天天写一两千字！虽然不能一口气吐出百篇诗来，可是细水长流的写小说倒也保险；还是暂且不破戒吧！

二　戒烟

戒酒是奉了医生之命，戒烟是奉了法弊的命令。什么？劣如“长刀”也卖百元一包？老子只好咬咬牙，不吸了！

从廿二岁起吸烟，至今已有一世纪的四分之一。这廿五年养成的习惯，一旦戒除可真不容易。

吸烟有害并不是戒烟的理由。而且，有一切理由，不戒烟是不成。戒烟凭一点“火儿”。那天，我只剩了一支“华丽”。一打听，它又长了十块！三天了，它每天长十块！我把这一支吸完，把烟灰碟擦干净，把洋火放在抽屉里。我“火儿”啦，戒烟！

没有烟，我写不出文章来。廿多年的习惯如此。这几天，我硬撑！我的舌头是木的，嘴里冒着各种滋味的水，嗓门子发痒，太阳穴微微地抽着疼！——顶要命的是脑子里空了一块！不过，我比烟要更厉害些：尽管你小子给我以各样的毒刑，老子要挺一挺给你看看！

毒刑夹攻之后，它派来会花言巧语的小鬼来劝导：“算了吧，也总算是个老作家了，何必自苦太甚！况且天气是这么热；要戒，等到秋凉，总比较的要好受一点呀！”

“去吧！魔鬼！咱老子的一百元就是不再买又霉、又臭、又硬、又伤天害理的纸烟！”

今天已是第六天了，我还撑着呢！长篇小说没法子继续写下去；谁管它！除非有人来说：“我每天送你一包‘骆驼’，或廿支‘华福’，一直到抗战胜利为止！”我想我大概不会向“人头狗”和“长刀”什么的投降的！

三　戒茶

我既已戒了烟酒而半死不活，因思莫若多加几种，爽性快快地死了倒也干脆。

谈再戒什么呢？

戒荤吗？根本用不着戒，与鱼不见面者已整整二年，而猪羊肉近来也颇疏远。还敢说戒？平价之米，偶尔有点油肉相佐，使我绝对相信肉食者“不鄙”！若只此而戒除之，则腹中全是平价米，而人也决变为平价人，可谓“鄙”矣！不能戒荤！

逼不得已，只好戒茶。

我是地道中国人，咖啡、可可、汽水、啤酒，皆非所喜，而独喜茶。有一杯好茶，我便能万物静观皆自得。烟酒虽然也是我的好友，但它们都是男性的——粗莽，热烈，有思想，可也有火气——未若茶之温柔，雅洁，轻轻地刺戳，淡淡的相依；茶是女性的。

我不知道戒了茶还怎样活着，和干吗活着。但是，不管我愿意不愿意，近来茶价的增高已教我常常起一身小鸡皮疙瘩！

茶本来应该是香的，可是现在卅元一两的香片不但不香，而且有一股子咸味！为什么不把咸蛋的皮泡泡来喝，而单去买咸茶呢？六十元一两的可以不出咸味，可也不怎么出香味，六十元一两啊！

谁知道明天不就又长一倍呢！

恐怕呀，茶也得戒！我想，在戒了茶以后，我大概就有资格到西方极乐世界去了——要去就抓早儿，别把罪受够了再去！想想看，茶也须戒！

四　猫的早餐

多鼠斋的老鼠并不见得比别家的更多，不过也不比别处的少就是了。前些天，柳条包内，棉袍之上，毛衣之下，又生了一窝。

没法不养只猫子了，虽然明知道一买又要一笔钱，“养”也至少须费些平价米。

花了二百六十元买了只很小很丑的小猫来。我很不放心。单从身长与体重说，厨房中的老一辈的老鼠会一日咬两只这样的小猫的。我们用麻绳把咪咪拴好，不光是怕它跑了，而是怕它不留神碰上老鼠。

我们很怕咪咪会活不成的，它是那么瘦小，而且终日那么团着身哆里哆嗦的。

人是最没办法的动物，而他偏偏爱看不起别的动物，替它们担忧。

吃了几天平价米和煮包谷，咪咪不但没有死，而且欢蹦乱跳的了。它是个乡下猫，在来到我们这里以前，它连米粒与包谷粒大概也没吃过。

我们总觉得有点对不起咪咪——没有鱼或肉给它吃，没有牛奶给它喝。猫是食肉动物，不应当吃素！

可是，这两天，咪咪比我们都要阔绰了；人才真是可怜虫呢！昨天，我起来相当的早，一开门咪咪骄傲地向我叫了一声，右爪按着个已半死的小老鼠。咪咪的旁边，还放着一大一小的两个死蛙——也是咪咪咬死的，而不屑于去吃，大概死蛙的味道不如老鼠的那么香美。

我怔住了，我须戒酒，戒烟、戒茶、甚至要戒荤，而咪咪——会有两只蛙，一只老鼠做早餐！说不定，它还许已先吃过两三个蚱蜢了呢！

五　最难写的文章

或问：什么文章最难写？

答：自己不愿意写的文章最难写。比如说：邻居二大爷年七十，无疾而终。二大爷一辈子吃饭穿衣，喝两杯酒，与常人无异。他没立过功，没立过言。他少年时是个连模样也并不惊人的少年，到老年也还是个平平常常的老人，至多，我只能说他是个安分守己的好公民。可是，文人的灾难来了！二大爷的儿子——大学毕业，现在官居某机关科员——送过来讣文，并且诚恳地请赐挽词。我本来有两句可以赠给一切二大爷的挽词："你死了不能再见，想起来好不伤心！"可是我不敢用它来搪塞二大爷的科员少爷，怕他说我有意侮辱他的老人。我必须另想几句——近邻，天天要见面，假若我决定不写，科员少爷会恼我一辈子的。可是，老天爷，我写什么呢？

在这很为难之际，我真佩服了从前那些专凭作挽诗寿序挣吃饭的老文人了！你看，还以二大爷这件事为例吧，差不多除了扯谎，就简直没法写出一个字。我得说二大爷天生的聪明绝顶，可是还"别"说他虽聪明绝顶，而并没著过书，没发明过什么东西，和他在算钱的时候总是脱了袜子的。是的，我得把别人的长处硬派给二大爷，而把二大爷的短处一字不提。这不是作诗或写散文，而是替死人来骗活人！我写不好这种文章，因为我不喜欢扯谎。

在挽诗与寿序等而外，就得算"九一八""双十"与"元旦"什么的最难写了。年年有个元旦，年年要写元旦，有什么好写呢？每逢接到报馆为元旦增刊征文的通知，我就想这样回复："死去吧！省得年年教我吃苦！"可是又一想，它死了岂不又须作挽联啊？于是只好按住心头之火，给它拼凑几句——这不是我做文章，而是文章作我！说到这里，相应提出“救救文人！”的口号，并且希望科员少爷与报馆编辑先生网开一面，叫小子多活两天！

六　最可怕的人

我最怕两种人：第一种是这样的——凡是他所不会的，别人若会，便是罪过。比如说：他自己写不出幽默的文字来，所以他把幽默文学叫作文艺的脓汁，而一切有幽默感的文人都该加以破坏抗战的罪过。他不下一番功夫去考查考查他所攻击的东西到底是什么，而只因为他自己不会，便以为那东西该死。这是最要不得的态度，我怕有这种态度的人，因为他只会破坏，对人对己都全无好处。假若他做公务员，他便只有忌妒，甚至因忌妒别人而自己去做汉奸；假若他是文人，他便也只会忌妒，而一天到晚浪费笔墨，攻击别人，且自鸣得意，说自己颇会批评——其实是扯淡！这种人乱骂别人，而自己永不求进步；他污秽了批评，且使自己的心里堆满了尘垢。

第二种是无聊的人。他的心比一个小酒盅还浅，而面皮比墙还厚。他无所知，而自信无所不知。他没有不会干的事，而一切都莫名其妙。他的谈话只是运动运动唇齿舌喉，说不说与听不听都没有多大关系。他还在你正在工作的时候来“拜访”。看你正忙着，他赶快就说，不耽误你的工夫。可是，说罢便安然坐下了——两个钟头以后，他还在那儿坐着呢！他必须谈天气，谈空袭，谈物价，而且随时给你教训："有警报还是躲一躲好！"或是"到八月节物价还要涨！"他的这些话无可反驳，所以他会百说不厌，视为真理。我真怕这种人，他耽误了我的时间，而自杀了他的生命！

七 衣

对于英国人，我真佩服他们的穿衣服的本领。一个有钱的或善交际的英国人，每天也许要换三四次衣服。开会，看赛马，打球，跳舞……都须换衣服。据说：有人曾因穿衣脱衣的麻烦而自杀。我想这个自杀者并不是英国人。英国人的忍耐性使他们不会厌烦"穿"和"脱"，更不会使他们因此而自杀。

我并不反对穿衣要整洁，甚至不反对衣服要漂亮美观。可是，假若教我一天换几次衣服，我是也会自杀的。想想看，系纽扣解纽扣，是多么无聊的事！而纽扣又是那么多，那么不灵敏，那么不起好感，假若一天之中解了又系，系了再解，至数次之多，谁能不感到厌世呢！

在抗战数年中，生活是越来越苦了。既要抗战，就必须受苦，我决不怨天尤人。再进一步，若能从苦中求乐，则不但可以不出怨言，而且可以得到一些兴趣，岂不更好呢！在衣食住行人生四大麻烦中，食最不易由苦中求乐，菜根香一定香不过红烧蹄髈！菜根使我贫血，“狮子头”却使我壮如雄狮！

住和行虽然不像食那样一点不能将就，可是也不会怎样苦中生乐。三伏天住在火炉子似的屋内，或金鸡独立的在汽车里挤着，我都想掉泪，一点也找不出乐趣。

只有穿的方面，一个人确乎能由苦中找到快活。“七七”后，由家中逃出，我只带着一件旧夹袍和一件破皮袍，身上穿着一件旧棉袍。这三袍不够四季用的，也不够几年用的。所以，到了重庆，我就添置衣裳。主要的是灰布制服。这是一种“自来旧”的布做成的，一下水就一蹶不振，永远难看。吴组缃先生名之为斯文扫地的衣服。可是，这种衣服给我许多方便——简直可以称为享受！我可以穿着裤子睡觉，而不必担心裤缝直与不直；它反正永远不会直立。我可以不必先看看座位，再去坐下；我的宝裤不怕泥土污秽，它原是自来旧。雨天走路，我不怕汽车。晴天有空袭，我的衣服的老鼠皮色便是伪装。这种衣服给我舒适，因而有亲切之感。它和我好像多年的老夫妻，彼此有完全的了解，没有一点隔膜。我希望抗战胜利之后，还老穿着这种困难衣，倒不是为省钱，而是为舒服。

八 行

朋友们屡屡函约进城，始终不敢动。“行”在今日，不是什么好玩的事。看吧，从北碚到重庆第一就得出“挨挤费”一千四百四十元。所谓挨挤费者就是你须到车站去“等”，等多少时间？没人能告诉你。幸而把车等来，你还得去挤着买票，假若你挤不上去，那是你自己的无能，只好再等。幸而票也挤到手，你就该到车上去挨挤。这一挤可厉害！你第一要证明了你的确是脊椎动物，无论如何你都能直挺挺地立着。第二，你须证明在进化论中，你确是猴子变的，所以现在你才嘴手脚并用，全身紧张而灵活，以免被挤成像四喜丸子似的一堆肉。第三，你须有“保护皮”，足以使你全身不怕伞柄、胳臂肘、脚尖、车窗，等等的戳、碰、刺、钩；否则你会遍体鳞伤。第四，你须有不中暑发痧的把握，要有不怕把鼻子伸在有狐臭的腋下而不能动的本事……你须备有的条件太多了，都是因为你喜欢交那一千四百多元的挨挤费！

我头昏，一挤就有变成爬虫的可能，所以，我不敢动。

再说，在重庆住一星期，至少花五六千元；同时，还得耽误一星期的写作；两面一算，使我胆寒！

以前，我一个人在流亡，一人吃饱便天下太平，所以东跑西跑，一点也不怕赔钱。现在，家小在身边，一张嘴便是五六个嘴一齐来，于是嘴与胆子乃适成反比，嘴越多，胆子越小！

重庆的人们哪，设法派小汽车来接呀，否则我是不会去看你们的。你们还得每天给我们一千元零花。烟、酒都无须供给，我已戒了。啊，笑话是笑话，说真的，我是多么想念你们，多么渴望见面畅谈呀！

九　狗

中国狗恐怕是世界上最可怜最难看的狗。此处之“难看”并不指狗种而言，而是与“可怜”密切相关。无论狗的模样身材如何，只要喂养得好，它便会长得肥肥胖胖的，看着顺眼。中国人穷。人且吃不饱，狗就更提不到了。因此，中国狗最难看，不是因为它长得不体面，而是因为它骨瘦如柴，终年夹着尾巴。

每逢我看见被遗弃的小野狗在街上寻找粪吃，我便要落泪。我并非是爱做伤感的人，动不动就要哭一鼻子。我看见小狗的可怜，也就是感到人民的贫穷。民富而后猫狗肥。

中国人动不动就说：我们地大物博。那也就是说，我们不用着急呀，我们有的是东西，永远吃不完喝不尽哪！哼，请看看你们的狗吧！

还有：狗虽那么摸不着吃，（外国狗吃肉，中国狗吃粪；在动物学上，据说狗本是食肉兽。）那么随便就被人踢两脚，打两棍，可是它们还照旧地替人们服务。尽管它们饿成皮包着骨，尽管它们刚被主人踹了两脚，它们还是极忠诚的去尽看门守夜的责任。狗永远不嫌主人穷。这样的动物理应得到人们的赞美，而忠诚、义气、安贫、勇敢，等等好字眼都该归之于狗。可是，我不晓得为什么中国人不分黑白地把汉奸与小人叫作走狗，倒仿佛狗是不忠诚不义气的动物。我为狗喊冤叫屈！

猫才是好吃懒做、有肉即来、无食即去的东西。洋奴与小人理应被叫作“走猫”。

或者是因为狗的脾气好，不像猫那样傲慢，所以中国人不说“走猫”而说“走狗”？假若真是那样，我就又觉得人们未免有点“软的欺，硬的怕”了！

不过，也许有一种狗，学名叫作“走狗”，那我还不大清楚。

十 帽

在“七七”后，从家中跑出来的时候，我的衣服虽都是旧的，而一顶呢帽却是新的。那是秋天在济南花了四元钱买的。

廿八年随慰劳团到华北去，在沙漠中，一阵狂风把那顶呢帽刮去，我变成了无帽之人。假若我是在四川，我便不忙于去再买一顶——那时候物价已开始要张开翅膀。可是，我是在北方，天已常常下雪，我不可一日无帽。于是，在宁夏，我花了六元钱买了一顶呢帽。在战前它公公道道的值六角钱。这是一顶很顽皮的帽子。它没有一定的颜色，似灰非灰，似紫非紫，似赭非赭，在阳光下，它仿佛有点发红，在暗处又好似有点绿意。我只能用“五光十色”去形容它，才略为近似。它是呢帽，可是全无呢意。我记得呢子是柔软的，这顶帽可是非常的坚硬，用指一弹，它当当的响。这种不知何处制造的硬呢会在我的脑门儿勒出一道小沟，使我很不舒服；我须时时摘下帽来，教脑袋休息一下！赶到淋了雨的时候，它就完全失去呢性，而变成铁筋洋灰的了。因此，回到重庆以后，我总是能不戴它就不戴；一看见它我就有点害怕。因为怕它，所以我在白象街茶馆与友摆龙门阵之际，我又买了一顶毛织的帽子。这一顶的确是软的，软得可以折起来，我很高兴。

不幸，这高兴又是短命的。只戴了半个钟头，我的头就好像发了火，痒得很。原来它是用野牛毛织成的。它使脑门热得出汗，而后用那很硬的毛儿刺那张开的毛孔！这不是戴帽，而是上刑！

把这顶野牛毛帽放下，我还是得戴那顶铁筋洋灰的呢帽。经雨淋、汗沤、风吹、日晒，到了今年，这顶硬呢帽不但没有一定的颜色，也没有一定的样子了——可是永远不美观。每逢戴上它，我就躲着镜子；我知道我一看见它就必有斯文扫地之感！

前几天，花了一百五十元把呢帽翻了一下。它的颜色竟自有了固定的倾向，全体都发了红。它的式样也因更硬了一些而暂时有了归宿，它的确有点帽子样儿了！它可是更硬了，不留神，帽沿碰在门上或硬东西上，硬碰硬，我的眼中就冒了火花！等着吧，等到抗战胜利的那天，我首先把它用剪子铰碎，看它还硬不硬！

十一　昨天

昨天一整天不快活。老下雨，老下雨，把人心都好像要下湿了！

有人来问往哪儿跑？答以：嘉陵江没有盖儿。邻家聘女。姑娘有二十二三岁，不难看。来了一顶轿子，她被人从屋中掏出来，放进轿中；轿夫抬起就走。她大声地哭。没有锣鼓。轿子就那么哭着走了。看罢，我想起幼时在鸟市上买鸟。贩子从大笼中抓出鸟来，放在我的小笼中，鸟尖锐地叫。

黄狼夜间将花母鸡叼去。今午，孩子们在山坡后把母鸡找到。脖子上咬烂，别处都还好。他们主张还炖一炖吃了。我没拦阻他们，乱世，鸡也该死两道的。

头总是昏。一友来，又问：“何以不去打补针？”我笑而不答，心中很生气。

正写稿子，友来。我不好让他坐。他不好意思坐下，又不好意思马上就走。中国人总是过度的客气。

友人函告某人如何，某事如何，即答以：“大家肯把心眼放大一些，不因事情不尽合己意而即指为恶事，则人世纠纷可减半矣！”发信后，心中仍在不快。

长篇小说越写越不像话，而索短稿者且多，颇郁郁！

晚间屋冷话少，又戒了烟，呆坐无聊，八时即睡。这是值得记下来的一天——没有一件痛快事！在这样的日子，连一句漂亮的话也写不出！为什么我们没有伟大的作品呢？哼，谁知道！

十二　傻子

在民间的故事与笑话里，有许多许多是讲兄弟三个，或姐妹三个，或盟兄弟三个，或女婿三个；第三个必定是傻子，而傻子得到最后的胜利。据说这种结构的公式是世界性的，世界各处都有这样的故事与笑话。为什么呢？因为人们是同情于弱者的。三弟三妹三女婿既最幼，又最傻，所以必须胜利。

和许多别种民间故事与笑话的含义一样，这种同情弱者的表示可也许是“夫子自道也”，这就是说：人民有一肚子委屈而无处去诉，就只好想象出一位“臣包文正”，或北侠欧阳春来，给他们撑一撑腰，吐一口气。同样的，他们制造出弱者胜利的故事与笑话，也是为了自慰；故事与笑话中的傻子就是他们自己。他们自己既弱且愚，可是他们讽刺了那有势力，有钱财，与有学问的人，他们感到胜利。

可是，这种讽刺的胜利到底是否真正的胜利，就不大好说。假若胜利必须是精神上的呢，他们大概可以算得了胜。反之，精神胜利若因无补于实际而算不得胜利，那就不大好办了。

在我们的民间，这种傻子胜利的故事与笑话似乎比哪一国都多。我不知道，我应当庆祝他们已经得到胜利，还是应当把我的“怪难过的”之感告诉给他们。